Texto de acordo com as normas do novo acordo ortográfico da língua portuguesa (Decreto Legislativo Nº54 de 1995).

Editora – Catia Mourão
Capa – Décio Gomes
Diagramação – Catia Mourão
Revisão – Catia Mourão e Amândia Rodrigues

CIP-BRASIL. CATALOGAÇÃO NA PUBLICAÇÃO
SINDICATO NACIONAL DOS EDITORES DE LIVROS, RJ

R611g

Rodrigues, Amândia
Os guardiões da luz: livro 1 / Amândia Rodrigues. - 1. ed. - Rio de Janeiro : Ler, 2019.
160 p. ; 21 cm. (Guardiões da luz ; 1)

ISBN 978-65-5055-007-3

1. Ficção brasileira. I. Título. II. Série.

19-60693 CDD: 869.3
CDU: 82-3(81)

Meri Gleice Rodrigues de Souza - Bibliotecária CRB-7/6439
17/10/2019 23/10/2019

Foi feito o depósito legal.
Direitos de edição:

Ler
EDITORIAL

OS GUARDIÕES DA LUZ

LIVRO 1

AMÂNDIA RODRIGUES

1ª edição
Rio de Janeiro – Brasil

*Dedico esse primeiro volume à minha mãe,
Mariangela, que é a mulher mais forte e determinada
que eu conheço, além de ser meu ombro amigo.
E também ao meu irmão, Leonam, que me mostrou
o mundo dos super-heróis, inspirando-me com os HQs.
Eles sempre me incentivaram a publicar meu primeiro
livro. Se hoje consegui realizar esse sonho é graças a eles.*

SUMÁRIO

PRÓLOGO

Sempre fui uma guardiã que seguia todas as regras à risca, sem cometer erros, sem fugir do meu papel no mundo. Nunca fui de me abalar, mesmo pelas coisas mais cruéis ditas. Meu dever era apenas um: empunhar minha espada e impedir as trevas.

Mas aqueles malditos olhos me fizeram perder o rumo. Como uma pessoa poderia mexer comigo ao ponto de não saber mais o que é certo ou errado?

O que fazer quando o que é completamente errado é o que mais se quer?

1

O vento soprava em minha pele, levando para longe meus pensamentos. Sabia que não seria a última vez a ter aquela visão das nuvens fofas embaixo da alta torre do castelo. Ao mesmo tempo, sentia que era uma despedida.

Não poderia mais acordar e ter essa visão tão linda da minha janela, o azul do céu em seu tom mais claro e profundo, as nuvens tão próximas que era possível tocá-las, não respiraria mais a brisa doce do vento, sem mistura de poluição e fumaça como tinham na terra.

Não moraria mais em *Skylion*, a terra acima dos céus, o lugar de morada de todos os guardiões. Teria que morar na terra a partir de agora, e só em pensar nisso meu corpo todo se retraia. Não gostava de mudanças, e mesmo tendo crescido ciente de que esse dia chegaria, não o tornava mais fácil.

Nunca tive muita facilidade em me adaptar, mudanças eram extremamente desconfortáveis, talvez, por todas até hoje terem sido causadas pelos piores motivos.

Por ser esforçada e me dedicar ao máximo, acabei me tornando a líder do grupo de guardiões e a primeira da classe. Poderia derrotar monstros e criaturas da escuridão por semanas, e seria mais fácil do que o que eu estava prestes a fazer:

abandonar meu lar e ter que me misturar com a humanidade em seu mundo, tendo que esconder o que sou e quem eu sou.

Não fazia ideia do que poderia me aguardar nessa nova vida. Se tivesse escolha, preferiria mil vezes continuar na academia. Mas teria que seguir a regra dos guardiões e viver na terra para defender a humanidade das sombras.

Meu pai, pela primeira vez, parecia estar um pouco orgulhoso de mim, e para alguém que o pai quase não olhava mais nos olhos, isso era como um presente dos céus. Desde a morte de minha mãe, ele não conseguia mais ter uma conversa descente comigo, era como se eu o tivesse perdido também naquele dia.

Minha mãe era uma das líderes dos guardiões, assim como eu sou agora. Ela morreu em uma luta com uma das mais poderosas criaturas das sombras, uma de suas rainhas. Nunca soube ao certo os detalhes, meu pai nunca quis falar sobre isso, e eu tinha apenas cinco anos quando aconteceu.

Mesmo sendo muito nova, nunca esqueci seu rosto doce e as histórias que ela me contava, ela foi minha maior inspiração, foi por ela que me dediquei e cheguei onde estou hoje. O desejo de um dia ser ao menos metade da guerreira que ela foi me guiou até aqui.

Com o afastamento do meu pai, acabei tendo muito tempo para alcançar meu objetivo. Fui uma das mais novas a entrar na academia de guardiões, e vivo aqui desde então. Foi aqui que conheci meu melhor amigo, Uriel. Ele era apenas dois anos mais velho do que eu, mas isso nunca fez diferença, viramos amigos instantaneamente. Assim que nos conhecemos ele virou o irmão que eu nunca tive.

Enquanto eu era extremamente antissocial e um desastre para me relacionar com os outros, Uriel sempre teve um encanto natural e as pessoas sempre se sentiam confortáveis ao seu redor. Ele era o único motivo de eu não estar ainda mais nervosa com essa mudança. Ele seria o segundo em comando da nova tropa e iria junto comigo para a terra. A diferença é que ele estava mais do que feliz em ir para lá, o sonho dele sempre foi sair daqui e conhecer o mundo. O que para mim parecia mais um pesadelo, para ele era um sonho se realizando.

As armaduras reluzindo em direção á academia me tiraram de meus pensamentos. Era chegada a hora de partirmos, receberíamos nossos selos, que esconderiam nossa identidade, e desceríamos para a terra. Ainda nem tinha terminado minhas malas, era como se algo quisesse me prender neste lugar, e pela primeira vez eu queria questionar uma regra, mas não devia.

Suspirei, derrotada, enquanto me arrastava até minha mala. Desabei ao lado dela, enquanto terminava de guardas minhas armaduras, e peguei o anel de minha mãe, que ela ganhara ao derrotar sua primeira criatura das sombras. As pequenas linhas desenhadas no anel lembravam as flechas que ela utilizava, e os detalhes turquesa remetiam ao brasão carregado em nossas armaduras.

O dever de proteger acima de tudo, até de nossas vidas. Ela havia cumprido essa regra até o fim e eu também cumpriria.

Joguei a mochila em meus ombros e peguei minha mala. Fui andando em direção à porta do meu quarto, abri e antes de sair dei uma última olhada em volta, minha cama estava da mesma forma que no meu primeiro dia. A diferença é que agora ao olhá-la eu via cada vez que havia chorado em silêncio, cada noite em claro antes de alguma prova, cada vez que eu simplesmente me debruçava na janela e me perdia em pensamentos, olhando a paisagem. Eu abandonava uma grande parte da minha vida a partir de hoje e alguma coisa me dizia que o que me esperava seria bem mais difícil.

Ergui meu queixo e respirei fundo ao fechar a porta.

— Darei o meu melhor para honrar o seu nome, mãe.

2

Desci as enormes escadas da torre leste, junto com alguns alunos que também estavam indo para o salão de eventos; a diferença é que eles estariam na plateia, enquanto eu estaria no palco. Para um guardião, completar seu treinamento e ser designado para a Terra era o sonho se realizando. Mostrava que você estava pronto para carregar a história de séculos e honrar a todos protegendo a Terra da escuridão total. Cada guardião era designado para uma cidade, os únicos que permaneciam próximos eram o líder e seu vice. Por isso, eu e Uriel estávamos indo morar na mesma cidade. Nosso destino era Chicago. Já havíamos nos informado sobre o local e onde aconteciam os maiores ataques das sombras.

Parecia ser uma cidade bonita, mas eu não deixava de me incomodar com a quantidade de prédios e tráfego. A cidade já tinha sido atacada tantas vezes, que havíamos perdido pelo menos três em combate por lá. Justamente por isso estávamos sendo designados para Chicago. O que não tornava nada fácil era saber que um dos que morreram lá era a minha mãe. Por um acaso do destino, agora, eu protegeria o mesmo lugar que ela havia protegido. Protegeria não pelo meu juramento, mas também por ela e sua memória.

Desde o início dos tempos, quando existia apenas escuridão e foi feita a luz, a maior batalha de todos os tempos se iniciou. Guardiões e criaturas da escuridão enfrentaram durante a grande noite sem fim, até que, finalmente, os guardiões conseguiram vencer, selando o rei da escuridão em seu próprio poder. A escuridão se enfraqueceu desde então, mas nunca sumiu, estava sempre à espreita, tentando recuperar o território perdido, ameaçando a vida humana e a nossa. Batalhávamos com as sombras, ano após ano. Cada grupo novo de guardião significava uma nova batalha a ser iniciada, uma guerra sem fim.

Se algum deslize acontecesse e a batalha fosse perdida, o preço pago era bem alto: caos e destruição. Já havia acontecido em pequenas cidades do interior: mortes, estupros e todo tipo de crueldade tomava conta do local, bastava as sombras caírem sobre alguém e essa pessoa nunca mais se recuperaria. Os guardiões até conseguiam estabelecer a luz novamente nas cidades, mas as pessoas tocadas pelas sombras nunca mais voltavam a serem as mesmas.

Senti duas mãos me levantando do chão e imediatamente soube quem era.

— Uriel! — Ele me soltou, ainda rindo.

— Animada, Amy? — Franzi o cenho e bufei.

— Você sabe que não. — Continuei seguindo o caminho.

— Nossa! Se não tivesse esse mau humor, definitivamente não seria você. — Ele seguia ao meu lado.

— A, por favor, não começa com a palestra de como ser a pessoa mais feliz e sociável do mundo.

— Você deveria dar mais valor as minhas técnicas, sem mim não conheceria nem as pessoas do seu próprio esquadrão.

— Que baixo ficar jogando isso na minha cara, Uri.

— Amyzinha, realidade é feita para ser dita.

Bufei em resposta e joguei a cabeça para trás, em completa derrota. Senti seus braços ao meu redor e o aroma de menta me circular. Seu abraço sempre me fazia sentir uma criança novamente e me lembrar da primeira vez que ele me viu e saiu correndo para me abraçar e me apertar, para logo depois falar que eu era um passarinho de fogo — graças à cor do meu cabelo. Ele se tornou meu primeiro e melhor amigo desde aquele dia. Não nos desgrudamos mais, seu jeito e o aroma de menta não mudaram. Ele, por outro lado, com certeza tinha mais músculos que naquele dia.

Chegamos ao salão ainda abraçados, eles o haviam decorado com várias flores e os brasões de cada grupo já existente de guardiões, criando um corredor junto às paredes de pedra. Dava para sentir o clima de celebração no ar e como, a partir daquele momento, faríamos parte do legado.

Meu coração apertou ao passarmos pelo brasão que exibia uma lança e um arco cruzados, com detalhes em vermelho e dourado, os nomes de todos do esquadrão em volta, cravado no brasão em letras pequenas. *Amélia* reluzia. Lembranças vagas de sua voz ao me por para dormir invadiram meus pensamentos. A saudade que eu tinha dela era quase palpável de tão intensa, parecia que eu ainda podia ouvi-la.

Senti o calor da mão de Uriel em minha bochecha, só então me dei conta de que derramava lágrimas. Meus olhos se encontraram com seus olhos cor de mel. Ele tinha um olhar tão doce... Desde que nos conhecemos, sempre foi o meu protetor. Não podia dizer que tinham sido tempos fáceis, mas, com certeza, ele tornou isso muito mais leve.

Uriel sorriu e senti seu braço me apertar. Olhei uma última vez para o brasão, enquanto seguíamos para onde estavam os demais do nosso grupo.

Cada grupo de guardiões ganhava um selo assim que era formado. Esse selo era a imagem definida para ser o seu brasão, o símbolo do esquadrão. Ele era posto em nossa pele, perto de nossa clavícula direita, para que nossos poderes e aparência fossem selados a olhos humanos. Dessa forma, podíamos andar e viver entre os humanos, sem que vissem nossas asas ou a leve luz que nossos poderes emanavam ao nosso redor.

Cada novo esquadrão se tornava o mais forte até que outro se formasse, fazendo assim com que a força contras as sombras se renovassem constantemente. O espaço entre um grupo e outro era de, pelo menos, cinco anos, podendo variar, tudo dependia dos integrantes estarem prontos para a graduação.

Nosso grupo tinha seis anos de distância do anterior, todos os sete integrantes estavam prontos para receber o selo no mesmo período, com exceção de mim e de Uriel, que ficamos prontos um ano antes. Por isso, recebemos o papel de líder e segundo em comando.

Juntamo-nos aos outros sete, todos pareciam empolgados com a nova vida que teríamos. Marcus e June, que eram o único casal no nosso esquadrão, estavam quase explodindo de felicidade, pois ficariam próximos. Ele seria enviado para Sevilha, enquanto ela iria para Faro. Não era no mesmo país, porém era bem mais próximo do que os outros ficaram. Leon foi designado para Pequim, Gabriel para Johanesburgo, Lili iria para Recife, Luíza para Ottawa, e Peter, o mais velho do grupo, iria para Tóquio.

Cada cidade era escolhida de acordo com sua necessidade, aquelas que eram ameaçadas constantemente por sombras e outras que precisavam de reforços. Os esquadrões já ativos estavam distribuídos por todo o mundo. Normalmente eram cem esquadrões distribuídos pela Terra. Desta forma, quando um novo grupo era enviado, o mais antigo retornava à Skylion. O esquadrão também podia retornar à Skylion, seja para reportar algo, para reuniões ou quando algum de seus componentes não estava mais em condições de atuar na proteção.

Não era um trabalho fácil nem leve, mas todos que escolhiam ser guardiões sabiam o que teriam à frente. Era o caso de June e Marcus, eles se encontraram e se apaixonaram aqui na academia, ambos podiam ter desistido e ficado aqui em Skylion, mas nenhum dos dois quis, preferiram seguir o sonho de se tornar um guardião e enfrentar as dificuldades lado a lado. Sendo assim, decidiram se casar antes da cerimonia de conclusão. Dava para sentir em cada detalhe do seu casamento, em cada jura de amor dita por eles no alto da colina *Liaslise*, enquanto o vento os rodeava abençoando sua união, o quanto eles se amariam para sempre.

Quando eu via um amor dessa forma, questionava-me como aquilo parecia tão distante da minha realidade. Nunca havia sentido nada desse tipo. Amava sim, meus pais e minha irmãzinha, Júlia. Também amava Uriel, mas nada que chegasse aos pés do amor que eles sentiam um pelo outro. Era o tipo de amor que você sabia que duraria para sempre e seria inquebrável. Dava para ter certeza que a distância entre eles não apagaria a chama de seu amor.

3

Aos poucos, o salão foi enchendo com antigos guardiões e familiares de todos do grupo. Avistei uma cabeleira grisalha vindo em nossa direção e logo soube que era Victor, pai de Uriel. Eles compartilhavam não só dos mesmos olhos doces, mas da gentileza também. Durante o período em que meu pai não conseguia ficar muito próximo de mim, por eu lembrar demais a minha mãe, Victor foi como um segundo pai para mim, dando-me carinho e atenção.

Ele se sentou na primeira fileira, que era reservada para antigos guardiões. Victor era de um esquadrão anterior ao da minha mãe, havia servido até que seu momento de retornar chegasse. Não tinha tido muito contato com Uriel nos seus primeiros anos, mas isso não abalava em nada o amor entre os dois. Sempre admirei muito a relação deles.

Ele abriu um enorme sorriso, olhando para nós e ergueu a mão, dando um pequeno aceno. Dava para ver todo o orgulho que sentia transbordando de seus olhos.

Retribuímos o aceno e, de canto de olho, pude ver algumas lágrimas na bochecha de Uriel, enquanto aguardávamos o início da cerimonia de graduação.

Aos poucos, todos foram se sentando e o silêncio se fez presente. Anthony adentrava o salão, era o guardião mais antigo. Seu cabelo, completamente branco, comprovava isso. Também era o diretor da academia de guardiões. Logo atrás dele vinha seu vice, Lois, e Raquel, a coordenadora do curso de guardiões. Ambos eram do mesmo esquadrão, o que veio após o de Anthony.

Eles seguiram pelo salão na direção do palco, onde estávamos. Suas armaduras douradas eram utilizadas apenas para ocasiões especiais e suas asas enormes demonstravam todo o poder e experiência adquiridos ao longo dos anos. Detalhes das armaduras em suas asas brilhavam como pequenos focos de luz em meio à penugem branca.

A luz, que entrava pelas enormes janelas, reluzia ainda mais as armaduras douradas e suas armas. Era como se eles emanassem toda sabedoria e realeza ali presentes. Afinal, eles três eram o que tínhamos mais perto de algo assim, sempre preocupados em estabelecer a ordem e despertar a força naqueles que não se achavam capazes. Seus olhares, apesar de sérios, sempre foram gentis, e especificamente hoje, demonstravam todo o orgulho que sentiam ao formar mais um grupo de jovens guardiões.

Eles passaram por cada um de nós demorando o olhar, como se quisessem nos gravar em suas mentes. Seguiram até pararem um pouco à nossa frente, separando-nos em dois grupos. Eu estava ao lado de Marcus, que olhava fixamente para sua família em meio à multidão. Sua mãe estava com os olhos cheios de lágrimas e as bochechas vermelhas, de quem tenta segurar o choro. Seu pai abraçava sua mãe, enquanto sorria com orgulho.

Conheci Marcus assim que nosso grupo foi formado. Ele já namorava June e parecia muito reservado, mas sempre foi gentil e simpático, ao contrário de June, que era extremamente explosiva e sempre trazia alegria por onde passava. Ambos se completavam, e nós viramos bons amigos. Seria difícil desacostumar de vê-los todos os dias. Não só eles como todos do nosso esquadrão.

Nesses quatro anos em que começamos a treinar juntos, aprendemos as manias e o jeito de cada um. Mesmo que alguns se aproximassem mais e outros menos, acabamos nos encaixando e acostumando com a companhia um do outro. Seria muito difícil não ter o jeito espontâneo e alegre de June, a gentileza de Marcus, as piadas sem graça do Peter, os surtos tecnológicos de Leon, os combates logo cedo com Luiz — que, aliás, dava uma bela surra em quase todos. Sentiria falta da doçura de Lili e até dos resmungos de Gabriel, pela manhã. Nada seria a mesma coisa.

— Hoje é um dia de sorrisos e lágrimas, um dia de festa e despedidas. — A voz grave de Anthony me despertou de meus pensamentos. — Aqueles que ficam sentirão o coração apertado, ao ver seus filhos virando adultos na frente de seus olhos. Mais do que isso, cumprindo um dever tão honrado e de tamanha importância. Mesmo que demoremos a reencontrá-los e que nossos corações agora estejam fraquejando ao vê-los partir, devemos sempre nos lembrar do tamanho orgulho que sentimos deles. Sua coragem e determinação os trouxeram até aqui e, com certeza, os levarão bem mais longe, até que chegue o tempo de retornarem aos seus lares. Digo, em nome de todos aqui presentes, que é uma honra vê-los se transformando oficialmente em guardiões.

Enquanto pequenas lágrimas desciam pelas minhas bochechas, meus olhos encontraram uma figura pequena, de cabelo vermelho como o meu, ao lado de Victor. Era minha irmã, Júlia. Não esperava que meu pai viesse a cerimonia, por isso não esperava que ela aparecesse. Mas ali estava ela, com seu sorriso tímido, agarrada a mão de Victor, que a protegia como se fosse o próprio pai. Meu sorriso se iluminou ainda mais ao vê-la acenando para mim.

Meu coração se apertava ainda mais ao pensar em deixá-la, mas sabia que ela não estaria sozinha, meu pai cuidaria dela. Júlia não teve as mesmas consequências que eu com a morte da mamãe, só havia puxado a cor de seu cabelo e mais nada. Diferente de mim, que tinha os mesmos olhos azul-esverdeados que ela e a pele coberta de sardas. Muito falavam que eu era quase a cópia de minha mãe, e quanto mais eu crescia, mas parecia com ela.

Anthony passou a vez para Raquel, que começou a pronunciar nosso juramento. Nós repetíamos em uníssono, enquanto Lois vinha com uma pequena pena dourada e um pequeno pote também dourado, onde continha o líquido feito pelas feiticeiras mais antigas, para poder fazer o selo em nossas peles. Ele passava em cada um e fazia o símbolo de forma rápida e precisa, só víamos uma pequena luz surgindo aonde era feita a marca e um formigamento que ficava depois no local.

Ao chegar em mim, ele sorriu e pediu permissão.

Nossas roupas e cabelos eram arrumados de forma que nossa clavícula ficasse à mostra, para que não precisássemos parar o juramento enquanto ele traçava nosso brasão: um par de asas, uma espada e um arco e flecha cruzados. O pequeno símbolo carregava nossas asas — que eram nossa maior honra —, com nossas armas: minha espada da alma, com o arco e flecha dos trovões, usado por Uriel. Ambas as armas eram tesouros dos guardiões, aquelas que foram utilizadas pelos primeiros guardiões e passadas de geração em geração até chegar a nós, e por isso carregavam parte do poder de todos aqueles que já a portaram.

O juramento terminou ao mesmo tempo em que Lili recebia sua marca. Todos os olhares direcionados a nós eram de pura alegria e orgulho. Eu não pude deixar de me lembrar da minha mãe e de como ela estaria feliz por mim, mas em meu coração eu sabia que ela estava ali, e sabia que tudo aquilo seria por ela.

— Eu agora os saúdo como o novo esquadrão de guardiões! Que suas mentes e seus corações os guiem em sua jornada, e a honra sempre seja seu guia!

4

Os edifícios da cidade eram muito diferentes das casas e da academia de Skylion. Os prédios altos e as pequenas lojas formavam uma paisagem que eu apenas tinha visto em livros, enquanto aprendia sobre a Terra. Definitivamente, era algo bem diferente, ao olhar através da janela de um táxi.

Depois da finalização da cerimonia, todos foram encaminhados para seus respectivos novos lares. Voamos até um lugar próximo de onde ficaríamos — o selo impedia que nos vissem voando — e de lá pegamos um táxi e nos dirigíamos de forma mundana até nossas novas casas, para começarmos a nos misturar. A despedida foi a parte mais difícil, deixar tudo para trás partia meu coração, mas Uriel estava determinado a me arrastar até aqui.

Olhei para o lado e vi que ele também estava perdido em pensamentos, enquanto olhava pela janela. A diferença era o enorme sorriso em seu rosto, acho que poucas vezes o vi tão feliz. Pelo menos, alguém estava animado.

Levantei minha mão para cutucá-lo, mas fui jogada para frente com a freiada brusca do táxi.

— Já chegamos. São cinquenta dólares, e podem ir saindo. — A voz do motorista soava entediada.

Ele estendeu a mão, aguardando pelo dinheiro. Uriel tirou uma nota do bolso de sua calça jeans e pôs na mão do motorista, que sequer dirigiu o olhar para nós.

Pegamos nossas bolsas e saímos do táxi, mal fechamos as portas e ele arrancou com o carro.

— Simpático, né? — Virei-me para Uriel, que parecia perdido olhando para o prédio à nossa frente.

— Bem, parece ser esse o prédio.

Virei-me para olhar. O prédio não parecia muito alto, lembrava um pouco os que já tínhamos visto nas fotos, pequenos tijolos cinza lembravam os da academia. Ao lado do prédio tinha uma cafeteria, com algumas mesas do lado de fora. Parecia um lugar que Uriel ia gostar de ficar, ainda mais considerando a quantidade de mulheres que estavam no local. Virei-me e o vi olhando justamente para o mesmo que eu, com uma cara que comprovava que meu pensamento estava certo.

No outro lado do prédio tinha uma pequena livraria, que parecia estar bem mais vazia que a cafeteria. Esse, com certeza, era o meu tipo de lugar.

— Vamos lá. Aqui diz que não teríamos que falar com o porteiro, pois ele já está avisado. É só subirmos e nos estalarmos. O seu apartamento é o 5047 e o meu é o 5043 — ele disse, enquanto analisava o papel em sua mão.

Senti sua mão agarrando a minha e me puxando para dentro, só me dando tempo de jogar minha bolsa no ombro.

A parte de dentro do prédio era bem parecida com o exterior, alguns detalhes de madeira e um pequeno balcão, onde ficava o porteiro. O senhor baixinho, de cabelos castanhos com alguns fios brancos, sorriu para nós.

— Devem ser a senhorita Amy Livepold e o senhor Uriel Hatwis. — Acenamos com a cabeça, confirmando. — Eu sou Pietro, caso precisem de qualquer coisa. Sejam bem-vindos!

— Obrigada! — respondemos em uníssono, de forma simpática.

— Podem subir, os apartamentos ficam no quinto andar.

Agradecemos mais uma vez e seguimos em direção ao elevador. Pelo jeito, nem todos eram mal humorados como o motorista que pegamos. Os livros sempre diziam que os humanos podiam ser muito estressados, por causa de sua rotina, então já esperávamos algo assim. Mas, aparentemente, existiam exceções.

O elevador abriu e seguimos para o corredor.

— Vou ajudar você a arrumar as coisas, depois vou para o meu apartamento. — Uriel falava, enquanto ia em direção ao meu novo apartamento, olhando os números nas portas.

— Não precisa, eu faço isso sozinha.

— Já está decido. Anda, achei o seu.

Fui para perto dele, próximo ao fim do corredor. Mexendo no bolso, ele tirou a chave e abriu a porta, entregando-me a chave em seguida. Entrei logo atrás dele e parei. O apartamento era pequeno, mas tão bonito... Lembrava muito o meu quarto na academia. As paredes brancas e as enormes janelas davam um ar tranquilo ao ambiente. A cozinha tinha um balcão de mármore, perfeito para sentar nos bancos de madeira e comer algo. O sofá era preto, com uma pequena mesinha bem à frente. Tinha uma televisão, que também não era muito grande, mas eu nunca fui muito fã de qualquer forma, não me importava.

Segui em direção a uma porta que ficava num pequeno corredor, abri e vi o quarto. Ele seguia o mesmo estilo e cores do resto do apartamento, tons claros, até mesmo nas madeiras. A única coisa que destoava do resto do local era a cama, que tinha uma colcha vermelha.

Larguei minha bolsa em um canto e me joguei em cima da cama, era perfeita e macia. Virei meu rosto e vi uma enorme janela, bem parecida com a que eu tinha em meu quarto na academia, com uma cortina branca de renda. Senti a cama afundando ao meu lado e logo depois a mão de Uriel segurando a minha.

— É bem bonito aqui. Meu pai falou que Júlia escolheu essa colcha pra você, para que sempre se lembrasse dela.

— Como se eu pudesse esquecer. Apesar de não querer vir, esse lugar parece ser mais bonito do que eu esperava.

— Mas é claro! Estamos na Terra, sem aquele padrão de Skylion, sem aulas intermináveis ou regras a cada cinco minutos. Estamos livres, Amy! Como você pode não querer isso?

— Ainda temos regras, Uri. E eu gostava da minha vida na academia. As regras não me incomodam em nada, pelo contrário, com regras coisas ruins não acontecem.

— Eu te amo, mas confesso que nunca vou te entender.

Peguei um travesseiro e taquei nele.

— Eu é que nunca vou te entender. Você fala como se estivesse preso esse tempo todo, mas sempre teve liberdade para escolher o que queria.

— É diferente, talvez um dia você entenda.

— Talvez. — Suspirei e afundei minha cabeça na cama.

— Bem, eu vou indo para o meu apartamento. Mais tarde passo aqui — ele disse, já se levantando da cama e arrumando a roupa que havia amassado.

— Ué, você não ia me ajudar a arrumar as coisas?

— Na verdade, só queria mesmo ver como era o seu, antes de ir para o meu.

— Mentiu para mim?

Ele deu de ombros com um sorriso sacana nos lábios, enquanto ia em direção à porta.

— Seu filho da... — Taquei um travesseiro nele, mas ele desviou e saiu do apartamento. Deitei-me novamente, mirando o teto. Talvez, as coisas não fossem tão ruins assim.

5

Escutei duas batidas na porta. Peguei minha bolsa e assim que abri a porta vi Uriel, distraído, mexendo no celular enquanto me esperava. Seu cabelo castanho estava bagunçado, diferente do normal, sempre arrumado e perfeito; suas roupas casuais reforçavam o estilo tranquilo. Ele, definitivamente, estava com um visual diferente, mas fazia sentido, era quase uma nova vida, de certo modo.

Fechei a porta e ele continuou encostado na parede. Comecei a seguir pelo corredor, mas ele nem desviava os olhos do celular ou se mexia.

— Vai ficar aí pra sempre? — Ele nem se mexeu, eu parecia inexistente. — Ei! Uriel, vamos logo. — Nenhum movimento.

Bufei e fui em direção a ele com passos fortes. Uriel continuava na mesma posição. Parei na sua frente e ele sequer desviou o olhar. Peguei o celular de sua mão e finalmente tive sua atenção.

— Ei! Tá fazendo o que? — Ele me olhou confuso e com raiva.

— Eu que pergunto. Você me chama para irmos ao café e depois fica parado na minha porta, hipnotizado pelo celular?

— Eu estava apenas conhecendo os lugares que temos que visitar.

— Como assim?

— Os lugares mais populares da cidade. Sabe? Conhecer a cidade...

— Não. Nada de turismo, nem começa.

— Claro que vamos! Deixa de ser velha.

— Quem você tá chamando de velha? Você é dois anos mais velho do que eu, idoso. — Olhei para ele com pura raiva emanando.

— Sua alma é séculos mais velha do que eu, pode apostar — ele disse, enquanto seguia para o elevador.

— A, seu... — Fui em direção ao elevador também, mas dei um tapa em sua cabeça ao passar por ele, e entrei no elevador. — Anda logo, velhote.

— Ria enquanto pode, é uma pena que não temos um campo de treinamento para eu te dar uma surra — ele disse, pegando o celular da minha mão e encostando-se à parede, desviando o olhar de mim.

— Você quer dizer, eu te dar uma surra, não é? Sabe que eu sou bem melhor.

O elevador parou no terceiro andar, as portas se abriram e entrou um homem, que devia ter quase a nossa idade. Era extremamente claro, quase dava para ver as veias por baixo da pele, e era bem magro também. O cabelo, preto e longo, escondia seu rosto. Ele foi para um canto do elevador, próximo de mim, e permaneceu calado até chegarmos ao térreo. Ele emanava uma energia diferente, mas eu não conseguia distinguir o que era.

Quando as portas se abriram, ele se virou para mim e acenou. Só então vi o seu rosto. Ele tinha olhos azuis tão claros que quase pareciam brancos e notei a ausência de brilho em seus olhos, como se ele tivesse perdido algo. Sua boca tinha um tom avermelhado que se destacava do resto de sua pele, mas quando ele sorriu para mim, algo despertou. Não entendi muito bem, mas ele tinha algo que me fez querer saber sobre ele.

O homem seguiu porta afora, sem olhar para trás. Uriel já estava fora do elevador, enquanto eu ainda estava parada, olhando para onde o estranho havia ido.

— Vamos logo. Que foi? Apaixonou pelo estranho? Sinceramente, achei que seu gosto era melhor, Amy.

Ele me puxou pelo braço e despertei dos meus pensamentos, passando por ele e indo em direção à saída.

— Como se você pudesse falar algo. Seu gosto para meninas é péssimo, você escolhe qualquer uma.

— Isso tudo é amor reprimido? Não fica assim, eu te amo também.

Senti sua mão em minha barriga, beliscando de leve, e soltei uma gargalhada.

— Só você pra falar uma piada dessas.

— Você sabe que me ama.

Ele parou próximo à saída do prédio, de braços cruzados. Parei na sua frente, olhei no fundo de seus olhos cor de mel e me apoiei em seus braços, chegando bem perto de seu rosto, parando a poucos centímetros de seus lábios. Seus olhos pareciam confusos e sua respiração ficou pesada.

— Isso nunca vai acontecer — falei.

Dei um beijo em sua bochecha e fui em direção ao café, deixando ele ali, parado. Assim que retornou a si, Uriel veio atrás de mim, entramos no café. A mistura dos móveis de madeira com as paredes de tijolos aparentes dava um clima antigo para o local e tornava ele ainda mais bonito. O cheiro de café nos envolveu assim que entramos no local, e era um aroma tão bom e convidativo que foi impossível entrar e não querer imediatamente uma xícara.

O local parecia bem popular e poucas mesas ainda estavam vagas. O som de uma banda ao fundo deixava o ambiente ainda mais agradável. Uriel foi em direção a uma mesa no canto, perto de uma estante com alguns livros e uma poltrona mais ao fundo. Sentei-me em sua frente e peguei o cardápio, que já estava na mesa.

Observei-o por um tempo, enquanto escolhia algo no cardápio. Sempre que ficava pensativo Uriel fazia isso, juntava as sobrancelhas, formando pequenas rugas no centro, e não dava muita atenção para nada que acontecesse ao seu redor.

— Tem alguma coisa te incomodando.

— Você sempre sabe. — Ele ergueu o olhar até encontrar o meu e deu um pequeno sorriso, enquanto seu corpo relaxava.

— É claro que sim, sou sua melhor amiga. — Abri um sorriso, sabendo que anos juntos nos faziam conhecer cada gesto um do outro.

— Antes, quando estava olhando o celular, não era sobre turismo que eu estava vendo. Parece que aconteceu um ataque perto de onde Lili se instalou.

Minha expressão mudou na hora, fui de relaxada a alerta em um segundo.

— Como assim? Ela está bem? Por que não me falou? Precisamos ir até lá. — Já estava me levantando, quando ele segurou minha mão.

— Amy, está tudo bem. Lili não se feriu, não precisa de reforços. Não é nada preocupante, por isso não falei para você. Só estou pensativo porque é incomum aparecer uma criatura das sombras tão próxima de onde um guardião mora.

Eu voltei a me sentar. Era realmente difícil algo assim acontecer, o lugar onde morávamos normalmente emanava uma energia forte, o que não era atrativo para nenhuma criatura das sombras.

— Você acha que isso é um plano e que outros serão atacados. — Olhei seriamente para ele, que apenas confirmou com a cabeça. — Já avisou os outros?

— Sim. Também mandei mensagem para o conselho sobre isso. Acredito que pode ter sido apenas um caso isolado...

— Mas é melhor nos prevenirmos. Entendi. Vamos ficar atentos.

— Bem, já fizemos tudo, agora é aguardar. Enfim, vamos esquecer isso por enquanto e fazer nossos pedidos, já tem pessoas olhando para nós como se estivéssemos em uma briga de casal. — Ele desviou o olhar do meu e acenou para uma garçonete nos atender.

Só então olhei ao redor e notei os olhares sobre nós. Senti minhas bochechas queimarem como nunca. Peguei o cardápio e tentei me esconder atrás dele, mas de nada adiantou. Olhei para Uriel, que estava relaxado, achando a situação bem divertida. Fiquei mais vermelha ainda, dessa vez por pura raiva.

Levantei-me sem olhar para ele.

— Pede um café comum, já volto.

Segui em direção ao banheiro como um foguete, de tão rápida. Não queria nem olhar para as pessoas. Quando estava quase chegando ao banheiro, fui atingida com tudo por algo bem forte, que me levou ao chão. Olhei ao redor para ver o que tinha me atingido e vi que a pessoa também estava no chão. O cabelo cinza caía sobre seus olhos, igualmente cinzas. Quando esses me encontraram, suas bochechas ganharam na hora um tom avermelhado, por algum motivo. Seus olhos brilhavam como se eu fosse algo extraordinário.

Desviei o olhar e logo percebi a montanha de papéis espalhados pelo chão, ao nosso redor. Apresei-me para ajudá-lo, pegando os que estavam próximos de mim, enquanto levantava e me ajeitava. Tirando a forte dor no ombro, causada pelo impacto, eu estava bem. Tinha consciência que parte da culpa era minha por andar tão rápido, sem olhar para frente.

O homem balançou a cabeça, fazendo seu cabelo bagunçar ainda mais, e como se saísse de algum transe, levantou-se, pegando os últimos papéis que faltavam.

Entreguei os que estavam comigo e tentei dar um sorriso simpático.

— Desculpe por derrubá-lo.

— Foi minha culpa, não se preocupe. Eu estava cheio de trabalho e lendo esses papéis enquanto andava. Foi, com certeza, minha culpa. Desculpe — ele disse apressado, quase não dava para entender.

Olhei para ele e dei um pequeno aceno, enquanto seguia para o banheiro. Antes de me virar, o vi me olhando com aquela expressão fascinada novamente. O que será que ele estava vendo de tão maravilhoso em mim, eu não entendia.

Entrei no banheiro e olhei no espelho, chequei meu selo e ele continuava ali. Minhas asas, definitivamente, não estavam à mostra. Mesmo cabelo vermelho de sempre, mesma pele cheia de sardas, mesmos olhos, a roupa que eu estava também não chamava atenção. Sinceramente, quem se interessaria por alguém que estava vermelha da cor do cabelo, com cara de poucos amigos e correndo como uma louca para o banheiro? Provavelmente ele só deve ter ficado perdido em pensamentos.

Suspirei, enquanto olhava no espelho. Definitivamente, não pareço a líder de um esquadrão de guardiões. Pareço mais uma adulta recém-saída da faculdade, o que é bom, já que é isso que eu sou, pelo menos aqui. Sem minha armadura, minhas asas e minha espada, era como se o que eu via naquele espelho não fizesse sentido, uma completa estranha me mirava de volta.

Era muito estranho olhar no espelho e não ver mais quem eu era refletido ali.

6

Voltei para nossa mesa e, aparentemente, os olhares não estavam mais em mim. Ainda bem. Todos estavam distraídos em suas próprias conversar, livros ou celulares. Passando pelo balcão, pude notar o homem em quem havia esbarrado, ele estava enterrado nos papéis. Agora usava óculos e seus cabelos caiam de forma bagunçada até a altura de sua bochecha. Ele levantou o olhar e cruzou com o meu por um instante, antes de eu desviar daquele cinza intenso. Senti minhas bochechas corarem e aumentei o passo para chegar à minha mesa.

Ao me aproximar, notei que a garçonete estava conversando bem animada com Uriel, cheia de risinhos e mexendo em seu cabelo. Pobre moça! Tinha sido atingida por Uriel. Ele sempre fazia isso, um sorriso doce, um pouco de simpatia e praticamente todas as garotas ficavam caídas por ele. Sua forma de agir sempre causava esse efeito, além dele ser muito bonito.

Ele, por sua vez, adorava essa atenção e sempre que era alguma garota interessante, acabava virando sua presa, digamos assim. Ele sempre falava que não tinha encontrado ninguém especial, então, quando alguma menina o interessava, ele dava uma chance. Mas sempre foi extremamente sincero com todas, nunca as iludia, e elas normalmente aceitavam de bom grado ficar ao lado dele, mesmo que por pouco tempo. Ver garotas ao seu redor já era comum para mim.

Aproximei-me e me sentei à mesa, na sua frente, enquanto ele ainda conversava com a garçonete. Demorou alguns minutos até ela me notar e sair da nossa mesa, deixando um papelzinho com ele.

— Você realmente não muda.

— Um de nós dois tem que se divertir, não é mesmo?

— Eu me divirto, só que da minha forma.

— Como se ficar estudando até tarde fosse diversão, Amy. Por favor! — Ele revirou os olhos e desviou o olhar para um ponto à minha esquerda. — Apesar de, aparentemente, você ter desenvolvido um método de conquista bem eficaz.

— Como assim?

— Bem, o cara que você atacou enquanto ia ao banheiro não tira os olhos de você.

— Para de brincar. — Revirei os olhos e dei uma rápida olhada ao redor para me certificar que não era verdade. Mas lá estavam aqueles mesmos olhos intensos me encarando.

Eu não sei bem o porquê, mas meu peito ficou apertado ao ver eles, meu corpo se aqueceu como se fogo passasse pelas minhas veias. Virei-me para frente, desviando de seu olhar e encarando Uriel, que estava segurando o riso enquanto olhava para minha cara.

— Ele ainda está olhando?

— Sim. Tadinho, ele deve ter algum fetiche por sadomasoquismo, depois da trombada que você deu nele. — Uriel já não segurava o riso e gargalhava agora.

— Para de rir, droga — falei baixinho, de forma ameaçadora.

— Na verdade, estou prestes a rir mais ainda — ele disse, enquanto parava de rir.

— Mas o que...? — Minha frase parou no ar, enquanto sentia alguém se aproximar.

Ah, por favor! Não me diga que é ele. Quantas vezes alguém pode ficar envergonhada em uma noite?

Para o meu azar ele parou ao lado da nossa mesa, com um sorriso de canto de boca, e que boca. Seus lábios avermelhados eram delicados e tão convidativos... Mas que droga eu estava pensando? Desviei o olhar, tentando limpar a mente.

— Olá! Eu só queria me certificar de que você está bem.

— Sim, estou. Não foi nada.

— Bem, o barulho que você fez foi um pouco alto, fiquei preocupado se havia se machucado.

— Não, sou mais resistente do que pareço. — Olhei por um momento em seus olhos e minha linha de raciocínio foi para o espaço.

— Eu imagino. — Ele sorriu de uma forma diferente, como se eu tivesse contado alguma piada. — Bem, se precisar de algo, esse é o meu cartão.

No momento em que ele estendeu o cartão, meu celular tocou. Eu peguei o cartão de sua mão enquanto pedia licença, indo para fora do café para atender a chamada. Um toque de telefone nunca foi tão bem-vindo quanto esse. Queria sair correndo daquela situação.

— Alô! — atendi ao passar pela porta.

— Oi, Amy! Tudo bem?

— Peter, que bom falar com você! Estava mesmo pensando em te ligar mais tarde.

— Eu soube do que aconteceu com a Lili e quis logo entrar em contato.

— Conseguiu descobrir algo?

— Aparentemente, o sistema não foi *hackeado,* e nenhum dos nossos falou sobre a transferência ser hoje. Pela investigação que eu fiz, foi uma coincidência.

— Mas alguém foi atacado?

— Não. Só ela, por enquanto.

— E você, chegou em segurança?

— Sim, tudo certo. E todos os outros também, eu já chequei.

— Já requeri que o guardião mais próximo de Lili vá ficar com ela por um tempo, apenas por precaução.

— Tudo bem, qualquer nova informação eu entro em contato com você.

— Certo. Boa noite, Peter.

— Boa noite, Amy.

Desliguei o celular e fiquei olhando a noite cair. Já se sentia o vento mais frio do que pela manhã e as luzes davam outro ar à cidade, parecia que ela tinha muito mais a mostrar do que se esperava dela. As pessoas andavam rindo pelas ruas, em pequenos grupos, e alguns casais de mãos dadas paravam em bancos que tinham ali perto. Era incrível pensar que eles não tinham a mínima noção da constante guerra entre guardiões e sombras, que era travada bem ali. Eles não tinham essa preocupação, estavam apenas vivendo o máximo que a vida podia lhes oferecer. Eu sentia uma pequena pontada de inveja, mesmo sabendo que meu trabalho era extremamente importante, amando o que fazia. Perguntava-me como seria, se eu tivesse tido uma vida normal.

Balancei a cabeça, espantando esses pensamentos, enquanto guardava o celular no meu bolso e voltava para o café.

7

Quando voltei, já tinha mais uma menina conversando com o Uriel. Dessa vez era uma morena, bem baixinha, com o cabelo longo. Ele parecia bem mais interessado nessa do que na garçonete. Olhei em volta e não vi mais o homem em quem eu havia esbarrado. Sentei na cadeira sem fazer muito barulho, peguei minha xícara e dei um longo gole, apreciando o sabor do café se espalhando pela minha boca e me aquecendo, naquele começo de noite fria.

A noite parecia mais calma do que eu esperava. De acordo com o que todos comentavam, as noites na terra costumavam ser animadas. Porém, eu ficava feliz que aqui não fosse esse tipo de lugar. Aqui era calmo. Mesmo que com muitas pessoas, ainda parecia que cada um estava na sua própria bolha, vivendo sua vida sem atrapalhar o outro. Eu gostava disso. Na academia, nós tínhamos esse mesmo clima. Mesmo que sempre tivesse aprendizes por todo canto, a atmosfera do lugar era calma.

Olhei para frente e vi que a morena acabava de deixar nossa mesa, dando uma piscada para Uriel, que, por sua vez, estava com um enorme sorriso travesso nos lábios.

— Pelo visto, é melhor eu voltar para o meu apartamento, alguém vai se divertir.

— Hã? Sim, acho que vou. — Ele parecia falar mais para si do que para mim.

— Sabe que relacionamentos entre humanos e guardiões são estreitamente proibidos.

— Sei, mas é só não virar um relacionamento que eu continuo dentro da lei.

— Você não muda.

— Nem você. Até parece que quebrar uma regra seria tão ruim assim.

— Regras foram feitas para serem seguidas.

— Não começa seu discurso de sempre. Sabe que vai perder tempo comigo.

— Ok, não está mais aqui quem falou. Só tome cuidado.

— Pode deixar. — Ele piscou e abriu aquele sorriso doce, que sabia que eu amava. Eu nem lembrava mais porque estava brava antes.

— Amanhã você começa no seu trabalho também?

— Não, só na terça. Que hora você começa amanhã na empresa de comunicação?

Suspirei e encostei-me à cadeira.

— Às sete da manhã.

— Que beleza. Pelo menos você vai ficar num setor que não precisa de tanta comunicação.

— Sim, na parte de roteiros. Serei apenas eu e os papéis, assim espero. Já você, deve estar bem feliz de trabalhar com televisão, bem no meio de várias pessoas que adoram aparecer.

— Assim, você me ofende, Amy. Eu não gosto de atenção.

— Não, você adora. — Soltei uma gargalhada enquanto olhava para ele, que fazia cara de inocente, como se eu fosse acreditar.

Levantei-me e tirei algumas notas do bolso, deixando em cima da mesa.

— Vou indo. Até amanhã, Uri. —Joguei um beijo no ar para ele, enquanto me afastava.

— Até, Amy. — Ele acenou, enquanto eu saía do café e caminhava de volta ao meu apartamento.

Quando éramos mandados para a terra, tudo já estava arranjado: onde iríamos morar, nosso emprego, enfim. Normalmente, os empregos eram em áreas que podíamos ter maiores informações sobre o que acontecia no local, como polícia, bombeiro, jornal e comunicação em geral. Tudo que ajudasse no nosso trabalho como guardiões.

Joguei-me na cama fofinha, mergulhando no meio dos travesseiros, enquanto pensava em como seria encara um lugar completamente novo, com esse meu jeito meio bicho do mato de ser. Definitivamente, não estava animada para o dia seguinte. Se eu pudesse ficaria nessa cama quietinha até que precisassem de mim.

Olhei pela janela do táxi, vendo os prédios passando. Ajeitei meu coque pela milésima vez durante o trajeto e conferi de novo se a roupa estava devidamente de acordo com o local aonde trabalharia. Estava extremamente nervosa, minha ansiedade estava a mil, como nunca antes. Odiava primeiros dias, odiava não saber o que esperar, odiava ter que me apresentar para todo mundo.

O táxi parou em frente a um prédio bem alto, espelhado. Dei o dinheiro para o motorista, enquanto me arrastava do carro. Fiquei parada por um tempo ali, na calçada, tentando tomar coragem para encara o dia que vinha pela frente. Tenho certeza que quem passava devia estar me achando louca. Respirei fundo e fui em direção ao prédio, finalmente.

Por dentro dava para notar o quão diferente aquele prédio era dos que eu já tinha visto, bem mais moderno, com tons claros. O porteiro me deixou passar pela catraca assim que mostrei minha identidade. Segui para o décimo primeiro andar. Ao sair do elevador, que estava lotado, vi um balcão no centro do andar, com uma mulher atrás dele, sentada, mexendo em um computador enquanto falava com alguém ao telefone. Aproximei-me e aguardei ela finalizar a ligação. Passaram pelo menos uns quinze minutos sem que ela percebesse minha presença ou sequer olhasse para mim. Aguardei um pouco mais, ate que dez minutos depois ela finalmente se virou e levou um susto.

— Nossa! Você está aí há muito tempo.

— Sim, há algum tempo.

— Porque não me chamou, menina? Se não falar nada não vou te notar nunca.

Ela se levantou e veio até mim de forma rápida, fazendo seu longo cabelo, negro e superliso, balançar. Pegou a identificação em minhas mãos e começou a digitar algo no computador. Suas mãos eram extremamente rápidas no pequeno teclado. Ela se virou novamente para mim, com um sorriso simpático no rosto, que fazia seus olhos puxados ficarem ainda menores.

— Segunda porta à direita, é o setor do Rh, eles vão orientá-la e indicarão tudo o que precisa saber. Tem uma pessoa te esperando, procure pelo Noah.

— Certo. Obrigada. — Dei um sorriso tímido, enquanto me virava, indo em direção à porta que ela havia indicado.

— Ei, Amy! Seja bem-vinda — ela falou alto, enquanto eu me afastava.

Virei-me e acenei, agradecendo. Todos que estavam por perto me encararam, e a vontade de me esconder foi tanta que eu nem sabia como ainda estava ali, de pé.

Segui para uma porta de vidro, com uma pequena plaquinha escrita RH. Abri a porta devagar e coloquei apenas a cabeça para dentro.

— Com licença, me mandaram vir aqui, meu nome é Amy.

Minha frase morreu quando vi quem estava na cadeira, no meio da sala, atrás de uma enorme mesa de madeira escura. Ele se virou e me olhou.

Aqueles olhos cinza intenso, eu não podia acreditar.

8

Olhei para ele ainda sem entender, abri a boca e fechei várias vezes, tentando achar palavras ou o que dizer. Ele apenas me observava calmamente, com um sorriso no rosto. Definitivamente, estava se divertindo as minhas custas, afinal, eu, com certeza, parecia patética.

Respirei fundo e entrei na sala.

— Acho que estou no lugar certo, mas porque você está aqui?

— Bom dia, Amy! É bom descobrir o seu nome, já que não me disse ontem. Você não está no lugar errado. Como dizia no cartão que lhe dei ontem, eu me chamo Noah e trabalho no RH da empresa de comunicação Hallo. — Ele parecia segurar o riso, enquanto minha expressão passava de confusa para raivosa e depois para pura frustração. — Pode se sentar, vamos começar.

— Bem, antes eu tenho um pergunta.

— Fale.

— Ontem você sabia que eu era a nova contratada e por isso ficou me olhando?

— Não, ontem eu não sabia. Só soube que você era Amy, a nova contratada, quando apareceu na minha porta. Ontem eu só estava te olhando porque você é muito bonita, e intrigante.

— Intrigante? — Levantei uma das sobrancelhas, enquanto refletia sobre essa palavra. Ninguém nunca havia me chamado de tal coisa.

— Sim, digamos que há algo incomum em você. — Ele parecia me olhar com admiração, como ontem.

O que estava acontecendo ali? Por que aquele olhar? Eu era uma humana comum, para todos os efeitos. Talvez ele fosse um ser das sombras.

Concentrei-me em olhar fixamente para ele, procurando qualquer coisa que denunciasse uma sombra disfarçada de humano. Corri os olhos por todo seu corpo musculoso, que dava claramente para notar debaixo do terno, mas não havia nenhuma aura escura ou qualquer marca que lembrasse tal coisa. Com certeza, eu sentiria minimamente a presença. Então, ele era totalmente humano, mas algo ainda parecia estranho.

— Bem, não compreendo, sou bem comum. — Cruzei minhas pernas e descansei as mãos sobre o joelho.

— Talvez ainda não tenha percebido o que tem de incomum. Em todo caso, vamos seguir com as perguntas sobre o trabalho e esclarecimentos, antes de lhe mostrar a empresa e o local da sua mesa.

— Tudo bem.

Ele começou a mexer em alguns papéis em cima de sua mesa, até pegar um em específico.

— É formada em jornalismo, fez especialização em roteiros e escrita. Certo?

— Sim — Já havia decorado tudo que estava no currículo.

— Ótimo! Tem fluência em espanhol, japonês e italiano. Facilidade em traduzir textos, nível avançado em todas as ferramentas, excelentes notas. Bem, parece que você é perfeita... — Ele deu uma breve pausa, desviando o olhar do papel, e me analisou com aqueles olhos cinza, fazendo meu coração apertar um pouco. Um pequeno arrepio subiu pela minha espinha, ao sentir um olhar tão minucioso em mim. — Para o cargo.

— Obrigada! — Minha voz saiu quase engasgada. Não sabia bem o porquê, mas ele me deixava mais sem graça do que as outras pessoas.

— Alguma pergunta?

— Não, já ouvi falar bastante dessa empresa e pesquisei a fundo. Recebi sua proposta por e-mail e achei perfeita para o que estava procurando.

— Entendi. Bem, se é assim, seguiremos para a visita pela empresa.

Confirmei com a cabeça e ambos levantamos. Fui andando em direção à porta de vidro e ele rapidamente me alcançou, abrindo-a para mim. Sorri em agradecimento, ainda sentindo minhas bochechas pegarem fogo. Passei pela porta e ele a fechou logo atrás de nós, seguindo ao meu lado, mostrando cada canto da empresa. Ela refletia os mesmos tons que tinha no térreo do prédio, claros, com detalhes em cinza e janelas grandes que davam a chance de apreciar a bela vista da cidade. Era realmente bonita. Todas as pessoas pareciam ser bem simpáticas e me cumprimentaram, desejando boas vindas.

Terminamos o tour perto de uma sala pequena, próxima da dele, também com uma porta de vidro, mas sem placa indicando o que era.

— Esse vai ser o seu escritório. Pode decorá-lo da forma que quiser — ele disse, abrindo a porta. — Espero que se sinta em casa.

— Obrigada!

O escritório era muito parecido com o dele, apesar de ser menor. Tinha os mesmos tons claros, uma mesa bem grande de vidro, com uma cadeira branca atrás e um computador à direita, e uma mesinha perto da enorme parede de vidro que dava vista para a cidade. Havia também alguns quadros, nada muito diferente dos outros ambientes, além de uma pequena caixinha com um laço sobre a mesa. Aproximei-me e peguei a caixa, girando-a entre os dedos enquanto analisava.

— Esse é um presente de boas vindas. — Ele parecia sem graça, por algum motivo.

Abri o pequeno pacote e meus olhos se iluminaram ao ver uma caneta com detalhes em prata, com meu nome gravado em uma letra desenhada, junto de um bilhete de boas vindas. Eu sabia que era apenas uma caneta, mas nunca tinha imaginado que as pessoas ali seriam tão gentis, pelo contrário, achava que seria excluída e que seria muito difícil trabalhar nesse ambiente. Estava tão errada... Esse pequeno gesto fez eu me sentir uma tola.

— Obrigada, Noah! — Sorri pela primeira vez com toda sinceridade e ele retribui meu sorriso com um ainda maior.

— De nada! É ótimo ter alguém como você aqui.

— Como eu?

— Sim, inteligente e com tão boas recomendações.

— Ah, sim, obrigada!

— Vou deixá-la trabalhar agora. Qualquer dúvida, eu estarei na sala ao lado sempre que precisar.

Ele saiu da sala e assim que fechou a porta eu senti meu coração finalmente desacelerar, e minha respiração voltar ao normal. Não entendia por que era tão difícil respirar perto dele ou não ficar tão envergonhada. Talvez fosse apenas por ele ser alguém novo na minha vida, ou o simples fato daqueles olhos parecerem enxergar minha alma. Algo nele fazia tudo parecer diferente, eu só não sabia o que era.

9

Olhei para a pilha de briefings e tratei de começar a trabalhar. Na academia, escolhíamos a área em que gostaríamos de atuar na Terra e aprendíamos, em alguns anos, o mesmo que era ensinado nas universidades daqui. Eu havia escolhido o curso de Roteirização e Escrita, por sempre gostar de escrever e conseguir sintetizar o que as pessoas queriam, transferindo os desejos para o papel. Transformar ideias e sentimentos em algo concreto, essa era a minha especialidade.

Imergi no trabalho e só percebi que já havia passado praticamente todo o dia, quando olhei para a enorme parede de vidro e vi o sol desaparecendo no horizonte, dando lugar a lua. Procurei pelo relógio no computador e constatei que realmente faltava apenas meia hora para o fim do expediente. A pilha de papéis sobre a minha mesa já estava bem menor.

Senti minha barriga incomodar e só então percebi que não tinha comido nada durante o dia todo. Quando me concentrava assim em algo, realmente perdia a noção da hora. Conferi a caixa de e-mails para finalizar tudo e ir guardando minhas coisas. Assim que a abri, percebi que tinha uma mensagem não lida, de um destinatário que não era da minha lista de contatos. Ao abri-la, vi que era de Noah.

Bom dia, Amy! Como está indo o trabalho?
Gostaria de convidá-la para um almoço de boas vindas.
Aguardo sua resposta.
Atenciosamente, Noah.

Conferi o horário que o email foi enviado e constatei que fora às onze horas. Ótimo! Tinha ignorado completamente, já ia dar sete da noite. Logo abaixo, vinha um novo e-mail dele.

Boa tarde, Amy!
Aparentemente, meu pedido foi recusado.
Deixarei você trabalhar em paz.
Atenciosamente, Noah.

Senti um aperto no peito ao ler o e-mail. Definitivamente, não foi minha intenção recusar ou deixar uma má impressão, mas sempre acabava causando esse tipo de coisa. Joguei a cabeça para trás na cadeira e suspirei. Teria que esclarecer o mal entendido pessoalmente, já que por e-mail ficaria pior ainda. Não pensava em encontrar aqueles olhos intensos hoje de novo. Já tinha sido mais do que suficiente passar a manhã sentindo-os sobre mim, seguindo cada movimento meu. Eu não entendia ao certo, mas Noah me fazia sentir algo estranho quando estava perto dele.

É verdade que ele era muito bonito e poderia admitir tranquilamente que me atraia, mas já havia visto outros homens bonitos e nenhum me fazia sentir assim tão estranha, muito menos intimidada apenas com o olhar. Ele tinha algo. Não sabia ao certo, mas cada vez que estava perto dele, meu corpo aquecia e eu sentia meu estômago rodopiar. Até minha mente ficava confusa com ele por perto, e isso nunca acontecia. Podia não ser boa com amizades, mas se havia algo que eu sempre tinha era uma resposta.

Terminei de arrumar minhas coisas, peguei a bolsa e conferi uma última vez se estava tudo certo na sala, antes de fechá-la.

Segui em direção à sala do Noah. Não sabia se ele ainda estaria lá, mas não custava nada arriscar.

Notei que a luz do escritório estava acesa e a porta encostada. Dei duas leves batidinhas antes de abri-la. Ele estava atrás do computado, completamente, concentrado em algo. Seus lábios estavam espremidos em uma linha fina, seus olhos compenetrados na tela do computador, sua mão direita brincava com uma caneta entre os dedos, enormes e finos, que, com toda certeza, combinavam com o resto de seu corpo grande. O mouse em sua mão esquerda quase sumia. A concentração deixava os traços de seu rosto mais ressaltados e os óculos, com armação preta e grossa, tornavam-no ainda mais sério. Definitivamente, não se parecia com o homem que havia esbarrado comigo e que ficou me encarando na noite anterior.

Seus olhos encontraram os meus. Pensei em desviar, automaticamente, mas algo me impediu.

— Amy, o que está fazendo aí, parada na porta? Há quanto tempo está aí?

— Eu, hum... vim falar com você. — As palavras pareciam ter embaralhado por completo na minha mente, precisava me concentrar. — Vim esclarecer um mal entendido, mas como estava tão concentrado eu não quis interrompê-lo. Posso falar depois, se for melhor para você.

— Não, imagina. Eu já terminei de revisar esse memorando. Pode se sentar.

Ele apontou a cadeira na frente da grande mesa e tirou os óculos. Enquanto caminhava para me sentar, senti seu olhar me tornar extremamente consciente de meus movimentos.

— Bem, só queria esclarecer que não recusei ou ignorei seu e-mail. Eu apenas me enfiei no trabalho de tal forma que perdi completamente a noção da hora.

Ao ouvir isso ele abriu um pequeno sorriso de canto.

— Amy, foi apenas um convite, não precisava vir até aqui para esclarecer. Mas fico feliz em vê-la aqui.

— Só não queria nenhum mal entendido no trabalho. — Mexi-me na cadeira, cruzando as pernas. — De qualquer forma, era apenas isso. Obrigada pela atenção! — Levantei-me e estava indo em direção à porta, quando escutei sua voz.

— Podemos jantar juntos, já que o almoço não foi possível.

— Não precisa se incomodar, sei que deve estar bem ocupado.

— Não seria incomodo algum.

— É que eu ainda tenho que terminar de arrumar meu apartamento, acabei de me mudar. — Que mentira deslavada! Já estava tudo perfeitamente arrumado. Mas, sinceramente, eu não estava nem um pouco interessada em um jantar com alguém que me deixava tão inquieta. Ainda mais um humano.

— Se é assim, tudo bem, eu aceito sua segunda recusa. — Sua voz parecia realmente arrasada, quase como se pudesse ver uma criança fazendo beicinho ao pedir algo.

— Tudo bem. — Cedi. — Apenas um jantar, e nada muito tarde.

— Sim, senhora! Seguirei suas regras.

Virei-me a tempo de ver uma pequena piscadela dele e aquele maldito sorriso de canto, que eu achava tão bonito.

10

Paramos o carro em frente a um restaurante grande. O lugar lembrava um pouco o estilo do café que tinha próximo do meu prédio. O mesmo estilo rústico em madeira, com alguns detalhes em branco. A diferença era que o restaurante tinha pequenos pontos de iluminação por todo o ambiente, lembrando um céu estrelado, que tornava a atmosfera aconchegante e encantadora.

Noah abriu minha porta, enquanto eu ainda admirava o restaurante. Ele combinava com aquele tipo de lugar, elegante e encantador. Pelo menos ele deveria ser, para a maioria das mulheres. Mas eu jamais pensaria tal coisa. Não mesmo.

Segui ao seu lado até a entrada, enquanto via o manobrista se afastar com o carro. Uma mulher alta, de cabelo castanho, extremamente elegante, abriu a porta para nós.

— Boa noite! Possuem reserva? — ela perguntou, enquanto ia para trás do pequeno balcão e olhava algo em seu computador.

— Boa noite! Sim, está no nome de Noah Flechter.

— Certo. Um garçom irá levá-los até a mesa.

Ela apontou para um garçom que estava vindo em nossa, direção. Ele nos cumprimentou e o seguimos até a mesa, que ficava em uma parte aberta do restaurante, lembrando um pequeno jardim, com diversas flores e uma árvore que envolvia o ambiente. Sentamos, pegamos o cardápio e por longos minutos não falamos nada, como se um esperasse que o outro desse o primeiro passo.

— Como foi seu primeiro dia? — Seu olhar desviou do cardápio para mim.

— Tranquilo. Os briefings eram muito bem-feitos e extremamente sucintos. Isso foi um grande auxílio para desenvolver os roteiros.

— Entendi. Passarei seus elogios ao Caio. Ele é o responsável pelos briefings.

— Sim, obrigada. — Desviei os olhos, observando a linda noite estrelada que fazia.

— Posso fazer uma pergunta, Amy? — Virei-me em sua direção.

— Claro. — Sua expressão parecia com a de mais cedo, quando estava concentrado em seu computador.

— O que a fez se mudar para cá?

— A proposta de emprego.

— Só isso? Não havia nada que a segurasse em sua antiga cidade? — Ele parecia realmente interessado.

Sinceramente, não sabia bem o que responder. Mudar não tinha sido uma decisão minha. Ao mesmo tempo, eu não tinha nenhum laço que realmente me prendesse em Skylion. Obviamente, ele não estava falando sobre Skaylion, mesmo assim, de alguma forma, eu não queria dar a resposta ensaiada.

— Não, não havia nada que me prendesse.

— Como era sua antiga vida?

Eu odiava ter que mentir. Inventar uma vida anterior à mudança era exatamente isso, mentir. Abri a boca para responder e escutei meu celular tocar na bolsa. Peguei-o e pedi licença, afastando-me para atender.

— Alô!

— Amy, temos uma situação com criatura das sombras. Precisamos agir.

— Em qual lugar da cidade?

— Próximo da ponte. Você me encontra lá?

— Sim, pode deixar. Sabe qual o nível?

— Aparentemente, médio.

— Ok.

— Até.

Voltei para a mesa pensando em qual desculpa poderia inventar, já que, de qualquer forma, ia parecer que eu estava fugindo dele de novo.

— Noah, surgiu um imprevisto e eu vou precisar ir, agora. Mil desculpas! Podemos remarcar para um almoço amanhã? — Ele pareceu meio desnorteado pelas palavras um pouco rápidas que eu havia jogado, mas logo abriu um sorriso simpático.

— Sem problemas, Amy. Você é bem difícil de se ter por muito tempo, não é?

— Desculpa ser rude, mas eu realmente tenho que ir.

— Tudo bem. Estarei ansioso pelo almoço de amanhã.

Peguei minha bolsa e já estava me virando para sair, quando ele segurou minha mão levemente e deu um sutil beijo. Com um pequeno sorriso de canto, ele me assistiu partir. A imagem me deixou um pouco tonta, enquanto seguia para a porta.

Fui andando até estar distante o suficiente para que não me vissem. Abri minhas asas e com um breve impulso já estava no céu escuro, indo em direção à ponte. Ao me aproximar do local, comecei a sentir a presença da criatura. Não era muito forte, um nível médio não conseguia nos desestabilizar. Segurei meu cordão e o puxei, arrancando-o do meu pescoço e o transformando na minha espada da luz. Sua lâmina era de um tom prata muito claro, quase branco, e suas chamas vermelhas faziam a massa de escuridão ao redor ir se dissipando, com se quebrasse a nuvem densa de caos e trevas.

Uriel já estava em combate, golpeando a criatura grotesca, cheia de olhos e espinhos, um corpo enorme e verde, que mais lembrava uma nuvem de escuridão do que algo vivo. Uma das flechas de raio atravessou o peito da criatura, enquanto eu me aproximava.

Era uma criatura do grupo mais baixo que existia na escuridão. Elas apareciam de forma desordenada, tornando-se alvos fáceis. Já havíamos enfrentando uma assim durante nosso treinamento. Os efeitos de sua presença ainda eram sentidos por algumas semanas nos humanos próximos, desconforto e um sentimento de peso nos ombros eram os mais comuns.

Assim que me viu indo em sua direção, a criatura se estivou mais para tentar me atingir. Desviei facilmente, desferindo um corte rápido, fazendo seu braço cair no chão.

Olhei para Uriel de relance, enquanto me preparava para mais um golpe. Passamos por ela ao mesmo tempo, cortando ou outros dois braços com as lâminas em nossas asas. Ainda agonizando pela dor, a criatura parecia mais enfurecida que antes, decidida a nos machucar de qualquer forma. Jogou-se, com seus dentes afiadíssimos, em direção à asa de Uriel, que desviou, vindo para perto de mim.

— Acho que está na hora de terminarmos isso de uma vez.

— Fique à vontade — Uriel assentiu.

Enquanto a criatura ainda estava atrás dele, voei para o alto, misturando-me à nuvem de escuridão que havia tomado tudo por ali. Desci em espiral, em sua direção, com minha espada em punho. Pude sentir o poder crescendo em meu peito e se espalhando para o resto do meu corpo, a luz que a lâmina projetava inundava todo meu ser. Usei minha velocidade para um golpe certeiro na criatura, acertando-a bem no centro de seu ser. Com um grito estridente, ela se dissipou. Minhas chamas se tornaram maiores, iluminando toda a escuridão e fazendo com que sumisse.

Levantei a espada em frente ao meu corpo, fazendo com que ela se tornasse o pingente do meu cordão novamente.

Olhei ao redor para ver se tudo realmente estava bem. Aquela nuvem densa de escuridão havia se dissipado por completo, só se via a luz da lua iluminando os prédios e árvores, mas eu ainda sentia a escuridão, o que não era comum após acabar com a criatura.

Vasculhei os arredores, procurando pelo que estava me causando aquela sensação. Era um poder mais forte que o da criatura que havíamos destruído. Algo não estava certo. Não havia nada próximo de nós, e mesmo que conseguissem se camuflar, nós podíamos descobrir. A não ser que fosse uma criatura da família original da escuridão, mas não era comum vê-los junto desse tipo de criatura. Isso só reforçava que algo estava prestes a acontecer.

Definitivamente, havia algo forte e poderoso nos observando. Um poder que eu nunca havia sentido.

11

Uriel estava na cozinha do seu apartamento, fazendo algo para comermos, enquanto eu o observava se espremer para se movimentar pelo espaço ínfimo, sentada no pequeno banquinho de madeira.

Havíamos voltado praticamente em silêncio, depois de fazer uma varredura por todo o perímetro. Não encontramos nada, nem rastro da outra criatura que sentimos.

Aquele nível de poder sombrio me fazia sentir um frio na espinha, só de lembrar. Algo incomum assim, pelo que já tínhamos estudado, só poderia vir do mais alto escalão do mundo das sombras, o que não fazia sentido, já que o rei das sombras estava selado em seu trono há séculos, depois da guerra entre a luz e a escuridão. Aquele foi um dos poucos períodos em que realmente perdemos muito território. No final da guerra conseguimos restabelecer o poder e retomar as cidades, mas muitos guardiões foram mortos e muitos humanos perderam completamente a sanidade, enquanto outros acabaram sendo tomados pela escuridão, virando assassinos.

Conseguir esconder tudo isso da humanidade tinha sido uma tarefa tão árdua quanto as batalhas. Muitas memórias tiveram que ser modificadas, evidências mascaradas, e alguns humanos que não conseguiam esquecer tiveram que ser levados para Skylion. Os humanos que descobriam sobre a verdade ao seu redor, acabavam ficando obcecados e não conseguiam seguir com suas vidas. Esse é um dos motivos para não existir relacionamento entre humanos e guardiões. A mente deles normalmente não suporta, além do poder que nós emanamos. Se exposto por muito tempo, de forma íntima, pode machucar um humano. Quanto mais forte o guardião, mais importante é essa regra.

Havia histórias do início dos tempos, quando tentaram criar um equilíbrio, uma forma dos humanos não terem que viver sem saber a verdade, um meio termo para que a convivência fosse mais fácil, porém, a tentativa falhou completamente. Foi um período onde mais houve mortes humanas, até que os guardiões se deram conta do quão perigoso era criar uma relação com eles. De qualquer forma, algumas regras invioláveis acabaram sendo determinadas, e a proibição para humanos saberem sobre nossa existência ou para termos relações com eles era uma delas. Mesmo hoje em dia, quando temos o selo que contém nosso poder, ainda é um grande risco.

Aquela presença que sentimos após a batalha com a criatura, só podia significar que algo estava sendo tramado pelas sombras. Eles estavam se organizando para um ataque, talvez uma guerra. O melhor a fazer era deixar todos em atenção para qualquer coisa incomum. Se uma guerra estava por vir, era melhor nos prepararmos. Vencemos a última por muito pouco, Uriel sabia tanto quanto eu, já que seu pai tinha participado da guerra contra o rei das trevas, quando ainda era bem jovem.

Olhei para ele, que mexia uma pequena panela de molho bolonhesa e parecia completamente perdido em pensamentos. Sabia que Uriel era tão responsável quanto eu. Mesmo com seu jeito brincalhão, ele nunca deixaria ninguém correr risco, mas seu rosto parecia ter envelhecido anos com a mesma preocupação que eu.

Peguei meu celular na bancada e mandei uma mensagem para o resto do esquadrão, com um breve resumo do que havia acontecido, alertando-os para terem cuidado redobrado e nos avisar a qualquer momento sobre o mínimo evento diferente. Pedi para Peter monitorar os avisos dos outros guardiões sobre a manifestação de qualquer criatura mais forte que o normal, ele era ótimo para descobri essas coisas. Lili ficou responsável por tentar rastrear o poder que havíamos sentido. Por ser a mais sensitiva, era a nossa rastreadora. Mesmo distante do local, Lili conseguia perceber o poder das sombras bem mais forte que qualquer outro guardião.

Terminei de mandar todas as instruções no momento em que Uriel se virou com dois pratos nas mãos, com uma massa à bolonhesa que fez meu estômago roncar automaticamente. Com tudo que aconteceu, nem havia percebido que estava com fome. Ele colocou um dos pratos na minha frente e se sentou do outro lado do balcão, ainda completamente alheio ao mundo à sua volta.

Peguei um pouco do macarrão, enrolei no garfo, levei à boca e agradeci mentalmente por ter um melhor amigo que cozinhasse tão bem. Eu já havia devorado metade da comida, enquanto Uriel ainda não tinha nem começado a comer direito.

— Uri, já tá na hora de voltar ao normal, não acha?

Ele continuou com o olhar perdido. Estalei meus dedos na sua frente e nada. Levantei-me um pouco da cadeira e me inclinei para bater de leve na sua testa.

— Ai! Tá doida? — ele disse, olhando-me confuso, finalmente parecendo voltar à Terra.

— Não, mas você tava quase entrando em coma na minha frente. Pretendia ficar fora de órbita por quanto tempo?

— Cruzes! Só estava pensando.

— Isso deu pra perceber.

— Aquele poder não é comum, Amy. Se parecia tanto com o que meu pai havia descrito para mim tantas vezes... — Ele se encostou à cadeira, jogando a cabeça para trás. — Estamos ferrados! Se começar uma guerra agora, somos a linha de frente. Não consigo nem imagina em nosso esquadrão correndo perigo, depois de tantas histórias sobre as mortes de amigos do meu pai. Não quero revivê-las.

— Primeiro, não estamos em guerra. Segundo, não temos certeza se é realmente isso. Terceiro, ferrados, nada! Somos o grupo mais forte de guardiões no momento. Damos conta de qualquer criatura das sombras, da classe real ou não.

Ele levantou a cabeça apenas para me dar seu olhar mais incrédulo.

— Você tem muita confiança, para alguém que treme apenas de falar com novas pessoas.

Bufei, enquanto revirava meus olhos.

— Por favor, sabe que uma coisa não tem nada a ver com a outra. Confiança é o que eu mais tenho no campo de batalha. Além de agilidade, é claro.

— De qualquer forma, temos que avisar os outros, começar a pensar na possibilidade de algo dar muito errado.

Ele, finalmente, havia se ajeitado na cadeira e já estava pegando o celular.

— Já avisei. Dei alguns serviços para Peter e Lili. Além disso, se mais alguma coisa aparecer, irei para Skylion falar com o conselho sobre a possibilidade de guerra.

— Você é realmente eficiente, mulher!

— Eu sei. Melhor da academia, lembra? E líder do esquadrão. — Soltei um beijo no ar para ele.

— Como você consegue ser convencida assim comigo e se esconder dos outros? Explica. Nunca entendi isso.

— Porque você é meu melhor amigo, praticamente uma parte de mim. É bem fácil falar e estar à sua volta, é como se essa fosse a minha verdadeira essência e toda aquela dificuldade em me ajustar fosse só algo que eu construí. Não sei ao certo. Minha avó costumava dizer que antes da minha mãe morrer eu era assim, sempre sorrindo e fazendo amizades. Talvez algo tenha morrido em mim junto com ela, sei lá.

— Bem, a conversa ficou muito profunda, não acho uma boa. Vamos falar sobre seu trabalho.

Dirigi meu olhar para o prato, enquanto voltava a comer, concordando com a cabeça.

— Então, como foi? Algo de interessante ou apenas um tédio total?

Continuei acenando com a cabeça, enquanto enchia a boca.

— Aconteceu algo?

Continuei comendo e ignorando as perguntas.

— Amy, para de comer como uma pessoa que não vê comida há séculos e me responde! Eu sei que tá escondendo algo. Anda, fala logo!

Parei de comer e olhei para ele, enquanto ainda estava mastigando a última garfada. Ele me analisava, aguardando calmamente pelas minhas palavras. Engoli e desviei o olhar.

— Talvez tenha uma chance de eu ter encontrado com o cara de ontem, do café. — Sua boca abriu um pouco em surpresa. — E, talvez, ele trabalhe comigo.

Agora sim a boca dele fazia um perfeito "O" e seus olhos me fitavam incrédulos. Eu já sabia a enxurrada de perguntas que viriam a seguir. Fechei meus olhos, aguardando pelo massacre.

12

Estava perdida entre os papéis, finalizando o último roteiro, depois de uma manhã longa. Finalmente tinha terminado a enorme pilha que estava por fazer, agora era acabar esse, encaminhar e começar a arrumar o escritório. O sono estava dificultando um pouco o trabalho, depois de ter ido dormir tarde por culpa das perguntas intermináveis e desnecessárias de Uriel.

Escutei três batidas suaves na porta.

— Pode entrar. — Continuei concentrada no roteiro, já estava na última página. — Aguarde só um momento, por favor.

Escutei o barulho de alguém sentando na cadeira à minha frente, mas continuei entretida. Quando iniciava algo, só desprendia a tensão ao terminar.

Finalizei o último roteiro e juntei na pilha com os outros. Ergui meu olhar, cruzando com os de Noah, que estava bem relaxado na cadeira, encostado, com uma das mãos apoiada na barba por fazer e um sorrisinho de quem está se divertindo com algo. O terno cinza claro acentuava ainda mais a cor de seus olhos e cabelo. Dei um sorriso simpático.

— Estou atrasada para o almoço?

— Na verdade, não. Só quis garantir que você não esquecesse ou fugisse dessa vez.

— Esperto! Já estava pensando em escapar pela janela. — Pisquei para ele enquanto me levantava, ajeitando a saia reta preta. Joguei minha bolsa no ombro e peguei os roteiros finalizados. — Vamos?

— Claro. — Ele sorriu e depois de passar os olhos por mim, levantou-se, fazendo o gesto para que eu fosse à sua frente.

Passei por ele e seguimos até o departamento de criação, onde entreguei os roteiros. Marcela, uma morena de cabelo cacheado que sempre tinha um visual bem diferente e extrovertido, sorriu ao pegar os roteiros e agradeceu. Ela era a diretora de arte e sempre ficava encarregada das produções.

Fizemos o percurso do escritório à garagem do prédio em silêncio, ele entretido em seu celular resolvendo algo, enquanto eu me atualizava sobre a situação de ontem com Uriel, Peter e Lili. Havíamos conseguido um rastro próximo à Ásia. Assim que conseguíssemos a localização exata partiríamos, já que um feriado estava por vir. Seria perfeito.

Quando entramos no carro ele soltou o celular, mas continuou em silêncio. Vi as árvores passando pela janela do carro e imaginei que iríamos para um restaurante chique como o de ontem, mas não tinha nenhum por perto, pelo contrário, só mais árvores.

— Noah, para onde vamos?

— Vou te mostrar o melhor lugar para escapar um pouco da cidade, já que você é nova por aqui. — Com isso, ele retornou ao silêncio, deixando-me mais curiosa do que antes.

Se eu esperava algo chique, o choque foi total. A região era bem afastada do centro e parecia muito com um parque. Seguimos por um caminho onde algumas pessoas corriam e outras brincavam com seus cachorros. Parecia bem agradável, não estava muito cheio. Continuamos nosso trajeto a pé e agradeci por estar com um salto pequeno e grosso.

O caminho dava para uma área afastada, passando por algumas árvores, até que nos deparamos com um espaço cheio de *food trucks*. Não eram grandes, mas simples e encantadores. Todos bem coloridos, com vários banquinhos e mesas de piquenique próximas a eles.

— Espero que não se importe de virmos a um local mais simples. Aqui é um dos lugares onde eu mais gosto de comer, principalmente depois de acabar um trabalho muito grande, ou quando preciso pensar em algo. — Ele me observava, esperando minha aprovação.

Olhei em volta. As árvores altas, com pequenas flores brancas e lilás, faziam com que aquele lugar ficasse ainda mais bonito. Era silencioso. Realmente parecia um lugar para relaxa, fugir do resto do mundo. O vento fresco era bem melhor que o da cidade. Sorri ao olhar para ele.

— É perfeito!

— Que bom que gostou. Vamos! Você vai experimentar o melhor hambúrguer que já foi criado — ele disse, pegando minha mão e me guiando até um *food truck* azul-turquesa, onde duas mulheres trabalhavam.

Tinha uma pequena fila. Enquanto aguardávamos, ele pegou um cardápio e me mostrou. Assim que escolhemos, chegou nossa vez. Fizemos os pedidos e não demorou nem vinte minutos para os sanduíches ficarem prontos. Ele pegou tudo e me seguiu até uma mesa que estava vaga, perto de uma árvore.

Sentamos, peguei meu hambúrguer que estava com uma cara ótima e dei uma boa mordida, enquanto ele me encarava com uma admiração diferente, da mesma forma que fez na cafeteria, no primeiro dia. Fiquei um pouco incomodada e desviei o olhar, movendo-me um pouco para o lado.

Ao terminar de comer, olhei para ele novamente, que continuava da mesma forma.

— Eu posso fazer uma pergunta?

— Claro, Sempre.

— Por que, às vezes, você me olha de forma estranha?

— Não é de forma estranha, você me parece diferente de qualquer outra pessoa que eu já tenha conhecido. — Ele pareceu ficar sem graça por eu ter percebido.

— Sou perfeitamente normal.

— Discordo. Tem algo em você, algo bem diferente de todos os outros, algo único. — Seus olhos pareciam ainda mais admirados, como se conseguisse enxergar alguma coisa em mim que só ele via. — Talvez seja só um sentimento.

— Acho que você está precisando dos seus óculos. — Desviei o olhar novamente, a fim de encerrar o assunto. Algo naquela conversa estava mexendo comigo. Talvez fosse sua forma relaxada, o que tornava mais fácil estar com ele.

Voltei minha atenção para aquele lugar, observando com mais cuidado os detalhes. Com certeza voltarei aqui.

— Talvez você não esteja se enxergando como realmente é. — Ele voltou a comer, enquanto eu refletia sobre essas palavras. As coisas ficavam mais confusas à medida que eu o conhecia melhor. Eu não sabia explicar bem o motivo, só sabia que não era um sentimento fraco que estava crescendo em meu peito. Todas as sirenes indicavam que o ideal seria me afastar, antes que a linha fosse cruzada. Antes que eu me arrependesse de algo, e ele também.

Tinham outras coisas mais importantes nas quais eu deveria me concentrar, outras pessoas contando comigo, e Noah era apenas... Não sei bem o que ele era, mas, definitivamente, ele não podia continuar sendo, seja lá o que fosse.

Seu olhar, que parecia ver minha alma e minha história, precisava parar. Aceitei aquele convite por educação. Talvez, admitisse para mim mesma que existia um algo mais, porém, não voltaria a acontecer. De agora em diante, só existiria o relacionamento profissional. Nós nos veríamos na empresa e só.

Mesmo que pensasse isso, algo bem lá no fundo do meu coração me avisava que talvez fosse tarde demais, talvez ele já tivesse plantado uma sementinha bem ali, sem eu nem perceber. Mesmo assim, calei aquela voz. Nunca fui contra as regras e não iria agora.

Estávamos na Terra por um motivo e eu o cumpriria. Nada me distrairia ou me tiraria do caminho certo. Eu não tinha tempo para nenhuma *sensação diferente*, ou para aquele sorriso que me deixava um pouco tonta.

13

Acabei ficando até tarde no escritório, fazendo novos roteiros, que entregaria como alternativa para alguns que eu havia criado antes. Às vezes, quando alguma ideia realmente era boa, sempre acabava rendendo bem mais do que apenas o original. Talvez eles pudessem aproveitar, ou não. De qualquer forma, deixaria com eles.

Olhei para o relógio e percebi que já eram nove horas. O escritório parecia tão calmo e silencioso, provavelmente só eu estava ali, além de alguns funcionários da parte financeira que sempre faziam hora extra.

Peguei minhas coisas, organizei tudo e dei uma última olhada na vista que tinha da cidade. A noite estava tão bonita, com estrelas no céu e as pequenas luzes dos prédios em contraste. A empresa não era muito longe de onde eu morava, não estava com pressa de chegar em casa, na verdade, queria ficar sozinha por um tempo e aproveitar aquela noite linda. Minha cabeça andava uma bagunça e eu precisava organizá-la.

Olhei para o táxi que estava me aguardando na porta do prédio, fiz um sinal o dispensando e segui pela calçada, em direção ao meu apartamento.

O vento frio batia contra minhas bochechas, fazendo-me lembrar das noites em Skylion, quando eu sentava na minha janela para pensar ou, simplesmente, esquecer do mundo por alguns momentos. Nessas ocasiões eu pensava na minha mãe, em como ela era forte e sempre lutou até o fim. Imaginava qual seria seu conselho pra mim. Não era como tê-la ali, mas fazia a dor da saudade amenizar por alguns minutos.

Luiza havia me ligado de tarde para contar sobre um ataque que havia sofrido em Ottawa, mas não havia nada de suspeito nem uma presença mais forte. Na verdade, tinha sido uma sombra de nível baixo, um humano que havia se tornado uma sombra. Eles eram chamados de *ruined*, aqueles que haviam sido engolidos pelas sombras, por si próprio ou por influência de uma criatura mais forte. Eles perdiam completamente seus sentimentos, sendo guiados apenas pelos poderes da escuridão. Sua forma humana também não existia mais, substituída por uma pele acinzentada, cheia de marcas e escritas pretas. Seus olhos eram perdidos, deixando apenas um vazio completo. Eles se tornavam mais fortes que os humanos, mas não tão fortes quanto uma sombra nascida na escuridão.

As coisas pareciam estar normais, quase como se fosse apenas uma coincidência Lilli ser atacada, e o poder que sentimos. Eu queria acreditar nisso, mas a vida sempre me mostrou que não existem coincidências, como se as linhas do destino de todos fossem trançadas de uma forma que, de um jeito ou de outro, aquilo aconteceria com a pessoa, independente do caminho que seguisse.

Senti alguém me observando. Olhei ao redor, estava passando pelo parque que ficava no caminho entre a empresa e o meu prédio. Não vi ninguém por perto, mas ainda sentia a sensação. Apertei meu pingente entre os dedos, seja quem for não emitia um poder parecido com o das sombras. Larguei o pingente. Era um assaltante ou algo do tipo, mas ele havia escolhido a presa errada naquela noite.

Virei-me a tempo de ver um homem bem maior do que eu, vindo em minha direção. Um humano. Ele tinha uma faca em sua mão direita e assim que se aproximou tentou colocá-la contra minha barriga. Desviei-me com facilidade, fazendo a surpresa quase o derrubar, mas ele se recompôs e bloqueou meu caminho.

— Facilita, ruivinha! Passa logo tudo! — Ele estava visivelmente com raiva, bufando e veio em minha direção com um olhar ameaçador.

— Desculpa, mas não vai acontecer.

Ele se aproximou. Provavelmente, por causa das minhas palavras, tinha se irritado ainda mais. Rapidamente, dei um chute em sua mão, fazendo a faca cair no chão. Enquanto ele se distraía com a faca, o atingi com um soco bem no nariz. Pelo barulho, havia quebrado.

Ele caiu ajoelhado na minha frente, a mão no rosto, com dor. Virei-me ao sentir alguém próximo, já pronta para dar uma surra no parceiro dele, mas o homem que se aproximava segurou minha mão antes de eu atingi-lo, o que realmente me surpreendeu, pois poucas pessoas conseguiam ser mais rápidas que eu, muito menos um humano.

Estreitei meus olhos e, então, percebi um poder emanando dele. Não era um humano. Seus olhos azuis e gélidos me encaravam de forma calma, quase como se nada estivesse acontecendo, e ele tinha um sorriso de lado, de puro deboche.

Soltei minha mão e me endireitei.

— Quem é você?

— Me chamo Raphael. Muito prazer!

Ele se curvou de leve, como em uma reverência, e continuou com aquele sorriso debochado no rosto.

— Não fui informada de um guardião tão próximo de nossa área. — Não havia nenhum comunicado, até porque eu não tinha pedido reforços, nem Uriel o havia feito ou eu saberia.

— Este é meu primeiro dia aqui, fui transferido de Toronto. Não me dava muito bem por lá, então pedi uma transferência e acabaram me enviando para cá. — O ladrão ainda reclamava de dor, atrás de nós. Parecia não escutar nada da nossa conversa. — Já liguei para a polícia local, para vir buscar esse idiota que tentou assaltá-la. Liguei assim que vi o que ele faria. Imaginei que você daria conta dele.

— É claro que sim, mas obrigada por ligar. Já que foi você que ligou, pode esperar a polícia junto dele, certo? — Sorri de satisfação por me livrar dele. Em poucos minutos já se mostrava extremamente irritante.

— Posso, sem problemas. Em algum momento você irá se apresentar ou simplesmente irá embora?

Ele não parecia aborrecido por ter que aguardar a polícia, o que me deixou um pouquinho decepcionada. Queria tirar aquele sorriso debochado de seu rosto. Por algum motivo, isso estava me dando nos nervos.

— Sou Amy, líder do novo esquadrão. — Forcei um sorriso, tentando parecer educada, mas por dentro estava fervendo de raiva. Ele era irritante, sim, mas não havia motivo para a raiva que eu estava sentindo.

— Já ouvi falar de você. Uma das mais ágeis, a mais nova a se formar na academia. — Ele me analisou por um momento, como se comparasse o que falaram de mim com o que via à sua frente. Isso me deixou com mais raiva ainda. — Sim, parece com a descrição que me deram. Pequena e forte. Mas esqueceram de mencionar a raiva latente.

— Provavelmente, porque minha raiva só aparece quando é necessária. Se me der licença, já vou indo. Boa sorte como babá de ladrão! — Passei por ele, dando um pequeno esbarrão e pisando firme.

Não acredito que aquele idiota é um guardião! Deve ser filho de um guardião antigo, e deve se sentir com o rei na barriga, se achar melhor que todos os outros, quando, na verdade, é apenas um enorme babaca. Para completar, ele é bonito. Com certeza isso deve inflar o ego dele, fazendo-o ser pior ainda. Uma pena, um rosto tão bonito em uma pessoa tão irritante! Não que eu o ache atraente, pensei. Jamais. Mas, para os padrões femininos, até que ele está ok.

Não vou pensar nesse idiota, vou seguir para casa, mesmo sabendo que se ele veio transferido para cá, provavelmente vou esbarrar bastante com ele. Talvez até tivéssemos que fazer missões juntos.

Só de pensar nessa possibilidade o sangue ferveu em minhas veias. *Droga! Qual é o meu problema?* A Terra estava me deixando com os sentimentos a flor da pele, só existia essa explicação.

14

Entrei no meu apartamento, coloquei minhas coisas em cima da bancada e fui até o banheiro. Botei a banheira para encher, enquanto tirava minha roupa. Peguei meu celular, botei o fone e apertei para ligar para o Uriel, enquanto entrava na banheira.

— Amy, tudo bem? — A voz dele soava preocupada, mas era tão confortante escutá-la, me lembrava de casa.

— Sim, Uri. Apenas fiquei até mais tarde no escritório, precisava espairecer um pouco. — Acomodei-me na banheira e fechei os olhos, sentindo meu corpo relaxar na água quente.

— Já estava achando que tinha acontecido alguma coisa.

— Aconteceu, mas não foi nada de mais, apenas um ladrão humano. — Escutei ele explodir em gargalhadas do outro lado da linha, por um bom tempo o único som eram suas risadas.

— Esse realmente não tem sorte, coitado! Olha com quem ele foi mexer! Tadinho, Amy.

— Eu pensei a mesma coisa, mas ninguém mandou ser um assaltante. Quem sabe, depois disso, ele não repensa suas ações.

— E o quão inteiro ele saiu disso?

— Só teve o nariz quebrado, nada de mais.

— Você estava de bom humor.

— Estava. — Uma pena que meu bom humor tinha sido arruinado por aquele cara irritante.

— Tem algo mais nessa história.

— Odeio que você me conheça tão bem. — Suspirei e me afundei mais na banheira.

— Não odeia não! Agora conta.

— Bem, apareceu um guardião, depois do ladrão. Aparentemente, ele foi transferido para cá. Um daqueles irritantes, que se acha o último biscoito do pacote.

— Estranho, não soube de nenhuma transferência. Vou entrar no sistema para checar isso. Pelo jeito, você já pegou ódio do tal cara.

— Eu não tenho culpa. Você precisa ver o cara, ele é extremamente irritante.

— Nossa, Amy! É difícil você odiar alguém assim, logo de cara. Você é sempre tão *paz e amor,* racional, não se deixa dominar por emoções. O que esse cara tem?

— Eu percebi esse tom insinuante, Uri. Não é nada disso. Ele só é irritante e debochado.

— Sei. — Escutei uma risadinha baixa.

— Bem, vou desligar. Tchau!

— Quer que eu passe aí?

— Não, está tarde. Eu só preciso de um banho relaxante e da minha cama. Amanhã nós vamos naquela lanchonete nova que você tanto falou, perto do seu trabalho.

— Tudo bem. Boa noite, Amy! Cuidado para o cara irritante não invadir seus sonhos.

Revirei os olhos e desliguei o telefone. Como um melhor amigo podia ser tão chato? Uriel desempenhava com sucesso o papel de irmão chato.

Encostei a cabeça no apoio da banheira, encarando o teto. Não fazia nem uma semana que estava na Terra e tudo já estava tão fora da minha bolha de conforto... Preferia mil vezes as aulas em que eu podia ser boa, estudar e resolver qualquer problema, do que ter que enfrentar Noah todos os dias e desviar dele.

Ele não era uma má pessoa, pelo contrário, era fácil gostar de estar perto dele, mesmo que seu olhar, às vezes, me deixasse constrangida. Seu jeito simpático e gentil me fazia ficar à vontade, e mesmo que eu não pudesse ter nada com ele, olhar sua beleza já era algo muito bom. Claro que isso só alimentava meu pequeno sentimento por ele. Seu sorriso sempre acolhedor, aquela cor cinza em seus olhos, que me deixavam sempre vidrada... Noah era realmente bom, mas tão proibido que eu tinha receio até de ficar muito tempo ao seu lado.

Suspirei, imaginando como seria se eu fosse humana ou ele guardião. Poderia me deixar levar pelos sentimentos e, talvez, até me apaixonar por ele. Fechei os olhos, imaginando como seria poder tocar em seu cabelo e sentir o gosto de sua boca. Seus lábios macios nos meus, suas mãos enormes me enlaçando... Eu quase conseguia senti-lo.

Levantei quase num pulo, com o barulho do celular. Ainda bem, pois não podia ficar imaginando essas coisas, não fazia sentido ficar alimentando algo que nunca aconteceria.

Balancei a cabeça, espantando os pensamentos, levantei-me da banheira, peguei a toalha e me sequei. Coloquei meu pijama e peguei o celular, enquanto ia para a cama. Joguei-me nela e fui ver quem tinha mandado mensagem.

Espero que tenha chegado bem em casa. Soube que teve um assalto aqui perto, vi você indo embora tarde e fiquei preocupado. Desculpe pela mensagem tão tarde.

Boa noite, Amy!

Quais as chances dele me mandar uma mensagem, quando eu estava sonhando acordada justamente com ele?

Suspirei, enquanto respondia que estava bem, que tinha chegado em casa em segurança. Ele não precisava saber que a tentativa de assalto tinha sido comigo, era melhor dessa forma.

Coloquei o celular de lado, enquanto me afundava em meio ao edredom e me permitia sentir o sono chegando.

Senti meu corpo inteiro gelado, como se estivesse no meio de um cubo de gelo. Minha visão estava turva e eu não conseguia me mexer, meu corpo estava dormente. Era tão escuro que eu apertava os olhos para tentar enxergar algo, inutilmente, pois não via nada. Alguém se aproximou de mim. Tentei me mexer, em vão. Nada funcionava, eu estava completamente impotente.

Suas mãos grandes passaram pelo meu rosto de forma suave, e sua voz soou em meus ouvidos, quase como uma cantiga de ninar.

— Está tudo bem, Amy. Logo você vai conseguir se libertar.

Sentia a respiração da pessoa tão próxima, ao ponto de bater contra minha pele. Escutei uma pequena risada rouca, antes de sentir o calor invadindo meu corpo, finalmente conseguindo me mexer.

Levantei em um pulo, já com minha espada na mão, pronta para atacar. Olhei envolta e percebi que estava no meu quarto, meio perdida e incrédula. Tinha sido um sonho? Mas eu havia sentido seu toque e o frio em meu corpo era tão real... Não tinha como ter sido um sonho. Mesmo assim, não havia nada, eu realmente estava no meu quarto.

Vasculhei todo o apartamento e não encontrei nada. Olhei pela janela e percebi que já era de manhã. Aparentemente, tinha sido um sonho, um sonho muito real.

Arrumei-me para o trabalho, sem que aquela sensação abandonasse meu corpo.

15

Já fazia duas semanas, desde o sonho estranho que eu tive, mas a sensação não me abandonava. Algo parecia me rondar, como se vigiasse cada passo que eu dava, esperando por uma pequena falha ou, talvez, o momento certo para agir. Não tivemos mais nenhuma ocorrência com criaturas das sombras, apenas alguns *ruineds* e *gloomys*, mas o ataque deles era comum em toda a Terra, ainda mais nos tempos em que o ódio se espalha e cresce de forma rápida.

Gloomy, uma criatura de cor escarlate, que se alimenta justamente desses sentimentos, sempre se aproxima e ganha mais força. No período das guerras humanas, eles quase dominaram o mundo, já que a cada morte seus corpos eram alimentados por ódio e cresciam, e o seu poder aumentava. Olhar para um *gloomy* era como sentir toda raiva vir á tona de forma desenfreada. Seus olhos laranja causavam isso, além de ter uma forma grotesca, com chifres negros enormes, e quatro braços com garras afiadíssimas na ponta.

Atualmente, ainda se via muitos deles, mas em sua forma menos poderosa, mais fácil da se lidar. Eram monstros de nível médio. Davam trabalho, mas eram derrotados com facilidade.

Raphael se juntou a nós em algumas batalhas, aparentemente ele se dava bem com Uriel. Eu continuava sentindo algo estranho quando estava perto dele, mas não era uma raiva tão intensa quanto da primeira vez. Talvez eu estivesse me acostumando a tê-lo por perto.

Escutei batidas na porta, o barulho da fechadura me fez sair de meus pensamentos. Endireitei-me na cadeira, enquanto via Noah entrar na minha sala. Ele andou de forma calma até a cadeira e se sentou à minha frente. Aguardei suas palavras, mas ele ficou me encarando sem dizer absolutamente nada, parecia ponderar sobre o que falaria.

Esperei pacientemente, enquanto ele passava os olhos pela sala. Olhou-me e, por um breve momento, vi a costumeira admiração em seu olhar. Esse olhar ainda me incomodava, mesmo me acostumando com ele, mas isso não impedia um frio na barriga sempre que seus olhos pousavam em mim.

— Amy, eu estava pensando... Você anda distante, não nos falamos mais direito, fiquei me perguntando se algo tinha acontecido. — Seus olhos me encaravam de uma forma tão doce, fazendo-me derreter internamente.

Realmente, não havíamos conversado muito. Decidi me manter distante, impedindo que qualquer coisa que estivesse iniciando em meu coração prosseguisse. Uriel havia falado inúmeras vezes que não havia problema algum em dar uma chance, para, pelo menos, viver aquilo. Regras nem sempre eram tão importantes. No entanto, eu não conseguia. Independentemente de agora, com ele aqui na minha frente, minha única vontade ser falar tudo que eu estava sentindo, sentir os lábios dele, os mesmos que me atormentaram em pensamentos durante duas semanas, ainda assim, eu não podia.

— Ando muito ocupada com o trabalho e nossos horários não estão batendo, é só isso. — Desviei o olhar, enquanto falava.

— Você não fez nada de errado. — Dei-lhe meu sorriso mais simpático.

— Sabe, Amy, eu sei que não a conheço há muito tempo, mas a sensação que tenho é de conhecê-la desde sempre, porque eu sei que quando fala isso você está mentindo, coisa que você não gosta. Também sei que fica sem graça sempre que olho para você, mesmo depois que comecei a evitar olhá-la daquela forma, como você me falou. Ainda assim, Amy, você cora e tenta esconder isso o mais rápido possível, como se seus sentimentos não pudessem transparecer de modo algum. Mesmo a conhecendo há pouco tempo, eu consigo enxergar uma batalha dentro de você, só não sei o motivo dela. Mas eu gostaria de ajudar, se você deixasse. — Ele tinha uma feição carinhosa e preocupada. O cuidado dele em notar essas coisas me fazia querer acreditar que estava tudo bem, deixar-me levar e me jogar em seus braços. Mesmo assim, respirei fundo e o olhei de forma distante.

Como alguém que mal me conhecia podia ter percebido isso tudo? Ninguém tinha sido tão honesto e direto assim comigo. Ainda não sabia como responder aquilo. Era difícil o dispensar e mentir, enquanto ele estava ali, sendo tão aberto e sincero comigo. Eu estava confusa, isso era certo.

— Não sei o que dizer a você, de verdade. — Suspirei e me encolhi na cadeira. — Você foi a única pessoa que já falou tão aberta e diretamente assim comigo. Eu não tenho nada contra você, só... Bem, é complicado. — Abaixei a cabeça, com vergonha de estar tão despreparada para essa situação.

— Posso fazer uma proposta para você, Amy? — Sua voz soava mais delicada e rouca do que de costume.

— Pode. — Levantei meu rosto, encarando seus olhos cinza, que estavam apreensivos, talvez tão confusos quanto os meus.

— Vá à minha casa hoje, depois do trabalho. Vou fazer um jantar, o que você quiser comer e conversaremos sobre isso.

Assim, você terá tempo para pensar, para me dar uma resposta definitiva. Sei que você gosta de pensar e ter certeza sobre as coisas antes de decidir. — Ele estendeu a mão sobre a mesa e segurou a minha de forma suave. Esse pequeno toque fez minha pele inteira queimar.

— Tudo bem. — Meu cérebro não conseguia nem processar direito o acontecia, aquele pequeno toque estava me deixando mais confusa do que eu já estava.

Que droga! Ele só estava segurando minha mão. O que estava acontecendo com o meu corpo?

Ele apertou de leve a minha mão, levando-a para perto de sua boca, e deu um leve beijo. Seus olhos não saíam dos meus. Meu corpo inteiro se arrepiou e tive que fazer um enorme esforça para me acalmar por dentro.

— Nos vemos mais tarde, então. Passo aqui quando terminar o expediente. Tudo bem?

Apenas balancei a cabeça confirmando, incapaz de dizer uma só palavra.

Ele se levantou e foi em direção à porta, enquanto eu ficava ali petrificada, olhando para o nada, absorvendo o que tinha sido essa conversa, apenas imaginando como iria me controlar na casa dele, além de dispensá-lo sem mentir ou magoá-lo. Seria mais fácil se eu pudesse simplesmente viver aquilo.

Não! Errar ou quebrar regras estava fora de questão. Mesmo que todo o meu corpo e coração estivessem implorando para mandar tudo pelos ares e me perder cada vez mais naqueles olhos cinza, precisava me conter.

Não sabia o que estava acontecendo comigo, talvez estivesse ficando maluca. Era isso. Definitivamente, algo havia me atingido na cabeça em alguma batalha e eu estava perdendo a razão, era a única explicação para esses sentimentos.

Nada fazia sentido, meu corpo estava reagindo de forma exagerada à apenas um gesto delicado.

Não pude deixar de imaginar como meu corpo responderia, se ele fizesse bem mais que dar um beijo em minha mão.

Balancei a cabeça, livrando-me das imagens que brotaram imediatamente na minha mente. Olhei para a tela do computador, ainda era uma hora da tarde, tinha tempo para tentar me acalmar e decidir o que eu faria a respeito disso.

16

As horas passaram voando e eu não parava de pensar na conversa de mais cedo. Mesmo trabalhando, pela primeira vez eu me questionava se tudo o que nos era dito na academia era realmente a única opção. Perto dele parecia que as coisas ficavam confusas, mas confesso que o sentimento não era tão forte como nos primeiros dias, algo havia mudado, não sei ao certo. Mesmo assim, o sentimento de querer tê-lo ao meu lado não passava.

Já eram sete horas, provavelmente Noah apareceria a qualquer momento. Eu já havia pensado em diversas desculpas para não ir, diversas formas de rejeitá-lo, mas nenhuma parecia convincente. Talvez porque nenhuma delas era verdade ou era o que eu realmente queria falar. Mas a verdade não era uma opção. Eu precisava achar um meio termo, nem totalmente verdade nem mentira, se é que isso existe.

Seria tão mais fácil se ele não despertasse nenhum sentimento em mim, ou se me esquecesse. Mas, será que eu queria realmente isso? Não.

Suspirei e me encostei à cadeira, afundando no couro, tentando sumir dali ou daquela situação. Era a primeira vez em anos que eu me sentia assim, confusa, desesperada por alguma resposta. Mesmo que meu coração batesse forte perto dele e seus olhos me fizessem ficar sem fala, eu não podia. Isso era indiscutível. Não colocaria a vida dele em risco, era contra tudo que eu acreditava. Eu não podia correr esse risco, ele era perfeito dessa forma e eu não aguentaria perdê-lo. Não aguentaria causar mal a ele, de maneira nenhuma.

Abaixei a cabeça, encostando-a na mesa, o vidro gelado contra minha testa. Fechei os olhos, tentando encontrar uma maneira de lidar com aquela situação. Senti meu corpo imergir na escuridão e o frio tomar conta de mim. Uma dormência irradiava pelos meus braços e dominava tudo, eu mal sentia meu corpo.

Tentei me mexer, mas nada aconteceu, estava de volta aquele lugar dos meus sonhos bizarros. Tentei me forçar a acordar, mas foi inútil. Aquelas mãos enormes deslizavam no meu cabelo e logo a voz de sempre surgiu.

— Pobrezinha, está confusa? Seria uma pena se algo de ruim acontecesse a ele. Mas, se você pensar bem, talvez fosse um benefício para você. Ele não seria mais um problema, se simplesmente não existisse, não é mesmo?

O pânico tomou conta de mim ao ouvir aquelas palavras tão frias. Minha mente foi inundada de imagens de Noah sem vida, todo ensanguentado, morto. A visão me fez querer gritar, mas nenhum som saía da minha boca. Tentei me debater, sair daquele transe, e nada.

Uma mão encostou no meu rosto. Era diferente, quente, familiar. O calor foi voltando ao meu corpo aos poucos. Abri os olhos, deparando-me com dois pontos cinza. Noah estava na minha frente. Meu coração se acalmou, espantou o pânico que havia me tomado. Ele estava bem, vivo, foi apenas um sonho. Mas será que tinha sido um sonho realmente?

Foi impossível não imaginar que aquilo podia ser muito mais do que um sonho.

— Amy? — A voz dele parecia tão suave.

— Desculpe, acho que peguei no sono. — Levantei o rosto, um pouco tonta, a sensação de pânico ainda me assombrava por causa das imagens.

— Você está pálida, com os lábios roxos. Tem certeza que está bem?

— Claro, deve ter sido só uma queda de pressão.

Levantei da cadeira, mas minhas pernas falharam. Estava prestes a cair, quando seus braços fortes ao redor do meu corpo me ampararam, sua respiração batendo em minha bochecha. Resistir àquela proximidade, meus pensamentos gritavam por conforto em seus braços. Levantei-me, dessa vez conseguindo me manter de pé.

— Você quer adiar nossa conversa? Posso levá-la em casa e conversamos amanhã. Você não parece bem.

Dava para perceber a preocupação em sua voz. Isso era o pior nessa situação, pois eu sabia que ele gostava de mim. Se eu fosse sincera comigo mesma, poderia admitir que também gostava dele. Mas é impossível.

— Não, eu realmente estou bem, foi algo momentâneo.

Peguei minha bolsa e só então notei que ele ainda me segurava em seus braços, um pouco mais afastado do que antes, como se estivesse pronto para me amparar novamente.

Dei um leve sorriso para ele.

— Tudo bem, mas se você se sentir mal de novo eu a levo imediatamente para um hospital. — Ele finalmente tirou suas mãos de mim e me deu espaço para passar.

Imediatamente, senti vontade de voltar para seus braços. Ele me dava uma sensação de calmaria, e era tão bom.

Espantei esse pensamento e segui em direção à porta. Ele me acompanhou bem próximo, por todo o percurso até o carro, provavelmente cuidando para que eu não desmaiasse de novo.

Entramos no carro e seguimos até sua casa em silêncio, ele sempre olhava para mim, checando se eu estava bem. Não me sentia mais tonta, mas a sensação do sonho ainda estava ali e, vez ou outra, as imagens de Noah morto invadiam minha mente.

Respirei fundo e olhei as árvores passando pela janela, tentando fazer tudo aquilo ir para longe.

A noite caía sobre a cidade, enquanto seguíamos para um lugar distante, onde eu ainda não tinha ido. Os prédios eram gradualmente sendo substituídos por árvores altas e o cheiro de mata invadia o carro. Paramos, depois de alguns minutos, em frente a uma casa grande, toda de pedras e madeira, com um enorme jardim à sua volta.

— Você mora sozinho nessa casa?

— Sim, era dos meus pais, mas eles decidiram ir morar em Paris e eu acabei ficando com ela. — Ele olhava de forma apaixonada para a casa, enquanto falava.

— Ela é linda.

— Obrigado, passarei o elogio aos meus pais. — Ele sorriu e eu corei só de imaginá-lo falando de mim para qualquer pessoa.

Entramos na casa, que era ainda mais bonita por dentro, os moveis em madeira escura deixavam o ambiente ainda mais aconchegante. Tudo na casa combinava de alguma forma, era o encaixe perfeito. Segui-o até a cozinha, onde tinha um balcão com alguns banquinhos.

— Bem, você pode escolher sentar aqui e me assistir cozinhar, ou na sala de jantar e me aguardar. — Ele tinha um sorriso aberto no rosto, como se fosse uma criança com um brinquedo.

— Vou ficar por aqui. Eu me sentiria estranha sozinha na sala de jantar. Aliás, eu posso te ajudar.

— Você cozinha?

— Não muito, mas posso tentar. — Dei um sorriso sem graça. Eu realmente não era a melhor na cozinha, por isso mesmo, ter Uriel por perto era perfeito.

— Você é minha convidada hoje, então, pode sentar e relaxar.

Ele tirou o blazer, deixando-o em um cabide próximo à porta da cozinha, de onde tirou um avental preto, que colocou. Arregaçou as mangas da camisa e eu me sentei em um dos banquinhos, enquanto assistia apenas admirando a beleza de cada traço e parte de seu corpo. Estava ficando cada vez mais difícil resistir.

17

Ele se movimentava pela cozinha, pegando temperos, cortando legumes, mexendo nas panelas, enquanto eu me deliciava com a visão daquele homem que parecia grande demais para aquela cozinha, se virar com maestria.

Virei mais um gole de vinho, enquanto disfarçadamente apreciava a visão de Noah no estilo mais caseiro, não se parecia em nada com ele no escritório. Seu semblante sério havia sido substituído por uma expressão relaxada e isso só o deixava ainda mais bonito.

— A comida está quase pronta. — Ele me olhou e abriu um sorriso.

— Sem problemas, não estou com pressa — respondi de forma automática e só então percebi que todo o estresse que senti durante o dia havia sumido. Meu corpo estava relaxado, talvez pelo vinho, ou talvez pelo modo como Noah fazia eu me sentir à vontade.

O aroma do ambiente estava delicioso. O cheiro dos temperos impregnava o ar, trazendo uma lembrança de quando eu era pequena e meu pai preparava o jantar para toda a família, aos sábados. Mesmo que já tivesse visto Uriel cozinhar inúmeras vezes, nenhum havia me dado essa sensação nostálgica.

Senti Noah se aproximar e saí dos meus pensamentos. Ele se abaixou um pouco, próximo ao balcão, chegando seu rosto bem perto do meu, e pegou minha mão de forma suave. Seu toque fez minha pele aquecer imediatamente.

— Vamos para a mesa, já está tudo pronto. Eu te chamei duas vezes, mas você parecia estar em outro lugar. — Ele sorriu e afastou seu rosto do meu, enquanto ainda segurava minha mão para me ajudar a descer.

— Desculpe, estava apenas pensando sobre sua habilidade na cozinha. — Abri um pequeno sorriso, isso não era mentira. Desci do banco e segui junto a ele para a mesa de jantar.

— Bem, aprendi desde pequeno com meu pai, ele era muito bom na cozinha. Sempre o admirei, talvez por isso eu tenha tentado ficar tão bom quanto ele. — Ele puxou a cadeira e eu me acomodei à mesa.

— Com certeza, você fez um ótimo trabalho. Mesmo sem provar, só de assistir você na cozinha, dá para saber que a comida está deliciosa. — Ele se sentou na minha frente, enchendo mais uma taça de vinho para mim.

— Obrigado, mas espere provar para me dar seu veredito final — disse, enquanto pegava o meu prato e colocava um bife com alguns legumes. Por cima, despejou um molho branco. Serviu-se logo em seguida e ficou aguardando eu provar.

Peguei um pequeno pedaço da carne com aspargos e o molho, assim que os coloquei em minha boca o sabor explodiu. Havia um leve toque picante, que se misturava ao molho e, automaticamente, tornava-se apenas uma lembrança daquela ardência. Teria que admitir, era uma das melhores comidas que já havia experimentado. Nada do que Uriel já havia feito chegava aos pés desse prato.

— Nossa! Está maravilhoso, Noah! Perfeito. — Olhei para ele, realmente admirada com sua competência na cozinha.

— Fico feliz que tenha gostado. — Só então ele se juntou a mim, levando uma garfada a boca.

Comemos em silêncio, muito absortos em nossos pratos e pensamentos. Era tão confortável estar ali, parecia algo natural. Essa sensação trazia à tona o sentimento de nervosismo adormecido. E mesmo que a sirene de alerta estivesse ligada em minha mente, por hora, eu iria apenas aproveitar a noite, até onde me fosse permitido.

Nunca foi muito o meu estilo ignorar as coisas que poderiam dar problema. Se algo fosse errado eu simplesmente excluía. Na maioria das vezes era fácil seguir em frente. No entanto, Noah era alguém que, mesmo que eu me recusasse a admitir, não queria perder. Não queria tirar ele da minha vida e seguir em frente, mesmo que essa seja a coisa certa a fazer. Mesmo sabendo de todas as consequências de tê-lo tão próximo. Mesmo que só a presença dele me fizesse querer mandar as regras para o alto, eu queria tê-lo por perto, ter seu jeito cuidadoso e divertido, sua forma séria e a descontraída. Ainda que fosse uma tortura tê-lo tão próximo, seria pior ainda não ter.

Nós terminamos o jantar. Seus olhos estavam sobre mim, como se decidisse se queria quebrar mesmo o silêncio ou aproveitar mais um pouco. Eu gostava da forma como ele ficava com uma expressão séria, do nada, e todos os traços de seu rosto mudavam. Não era mais o cara tranquilo, cozinhando.

— Amy, eu gostaria de te mostrar um lugar da casa, o jardim, na parte de traz. É o tipo de lugar que me lembra você.

— Tudo bem.

Levantei da cadeira e o segui sem falar mais nada, tentava limpar a minha mente e apenas ir em frente, pelo menos por essa noite. Depois eu me preocuparia e me repreenderia por ser imprudente, mas, ao menos essa noite, eu viveria cada segundo daquele sentimento, mesmo que fosse a primeira e a última vez, eu aceitaria isso.

Paramos em frente a uma porta enorme de vidro, com algumas partes em madeira. Ele a destrancou e abriu. A visão era tão bonita que me fez perder o ar por um momento. Era um jardim com diversos tipos de flores, uma árvore enorme bem no centro e alguns vaga-lumes que iluminavam por ali, tornando tudo ainda mais bonito. Em volta da enorme árvore havia um pequeno lago, a água reluzia à luz da lua e lembrava o lago que tínhamos em Skylion. Na verdade, todo o jardim lembrava a floresta onde ficava o lago, era como se fosse uma forma menor do que havia lá.

A saudade de casa me atingiu em cheio. Todas as memórias transbordaram, como se aquele tivesse sido o empurrãozinho que faltava para a saudade dos meus dias com meus amigos do esquadrão em Skylion viessem à tona.

Olhei cada canto do jardim com olhos marejados. Com certeza, devia estar parecendo uma louca emotiva, chorando sem motivo.

Limpei meus olhos rapidamente e me recompus. Noah me observava calado, como se me desse espaço para aquele momento, como se soubesse o quanto aquilo havia mexido comigo.

Dei alguns passos na direção do jardim, com Noah junto de mim. Tudo ali tinha um toque especial. Eu não entendia como algo assim poderia existir. Como alguém conseguiu criar algo tão parecido com a floresta de Skylion, sem nunca ter estado nela?

Virei-me para Noah, olhando-o atentamente, procurando qualquer coisa que o fizesse ser menos humano, procurando por algo que eu tivesse deixado passar, mesmo sabendo que seria quase impossível. Não, Noah não era um guardião ou uma criatura das sombras. Ele era humano, disso eu tinha certeza. Mas como era possível? Era uma coincidência grande demais.

— Esse lugar é realmente lindo, Noah. — Virei-me para ele, sorrindo.

— Sim, ele é. Quando eu era mais novo, tive um sonho em que eu andava em um lugar parecido com esse. Fiquei tão apaixonado pelo sonho, que insisti com meu pai que queria reviver aquele local. Desenhei tudo o que me lembrava e construí, junto com ele, esse local. Quando a conheci, soube que queria mostrá-lo para você. Eu nunca o mostro para ninguém, gosto de tê-lo só para mim. — Seus olhos brilhavam, enquanto ele falava de como havia construído o lugar, dava para sentir o quanto era especial para ele.

Nossos olhos se encontraram e senti meu coração bater tão forte que quase perdi o fôlego. O cinza de seus olhos nunca esteve tão vívido, como se eles fossem duas joias. O jeito como ele me olhava era diferente de qualquer outra ocasião, era como se ele olhasse dentro de mim e me enxergasse de uma forma que ninguém mais conseguia. Eu finalmente entendia o que era isso, porque parecia que eu o conhecia desde sempre, como se ele sempre estivesse ali, como se fosse para acontecer. Talvez, coincidências realmente não existissem. Estava escrito que eu me apaixonaria por ele.

18

Senti sua mão suavemente pegar a minha e nossos dedos entrelaçarem. Seu corpo chegava mais próximo do meu e eu estava vidrada, apenas me deixando levar por ele e por esse lugar que parecia mágico.

Deixaria para ser racional depois, agora eu só queria uma coisa: sentir os lábios de Noah colados nos meus.

Ele se inclinou um pouco, ficando na altura do meu rosto. Meu corpo inteiro se arrepiou ao sentir sua respiração bater contra a minha pele. Sua mão soltou a minha, enlaçando minha cintura, seu corpo grande fazia com que eu me sentisse pequena e frágil, mesmo não sendo. Sua boca estava quase tocando a minha e eu agradeci mentalmente por ele estar me segurando, já que minhas pernas estavam completamente inoperantes.

Ele parou ali, quase me pedindo permissão para continuar, como se achasse justo que eu desse o último passo. Por um segundo, senti todas as sirenes que soavam em minha cabeça serem desligadas, tudo o que eu pensava era naqueles lábios vermelhos e bem desenhados que estavam ali, tão próximo.

Fechei os olhos, acabando com a pequena distância entre nós. Seus lábios mal encostaram nos meus, quando meu celular vibrou no bolso. Afastei-me rapidamente, procurando quem era no visor. Vi o nome de June e soube que não poderia recusar a chamada. Olhei para Noah e fiz um sinal, enquanto atendia o celular e me afastava ainda mais, deixando-o confuso.

— Oi, June.

— Amy, desculpe te ligar tão tarde, mas tivemos uma situação. Uma criatura das sombras, disfarçada de guardião, tentou matar Gabriel. Estamos indo pra lá agora, parece que ele se feriu de forma bem grave, mas está vivo.

— Merda! Como assim, June? Como deixaram uma criatura se infiltrar?

— Eu não sei, Amy. Só nos foi informado isso. Estamos a caminho para investigar.

— Ok! Vou encontrar Uriel e vamos até vocês. Nos encontraremos em breve. Vá com muito cuidado, June, não sabemos se pode ter mais alguma armadilha por lá.

— Pode deixar, Amy. Marcus vai comigo.

Desliguei o celular, ainda tonta com tantas coisas ao mesmo tempo. Teria que deixar pra pensar em Noah ou no quase beijo quando tudo estivesse normal e seguro. Voltei para onde ele estava me aguardando calmamente, parecia ainda confuso com a situação.

— Eu sei que isso vai parece bem estranho e, provavelmente, você ficará chateado, mas eu preciso ir. É algo realmente grave e complicado, não posso explicar. Eu só preciso ir, agora.

— Eu... Tudo bem, Amy. Eu acredito em você. Podemos conversar amanhã?

— Eu não posso dar certeza sobre isso, mas assim que puder vou entrar em contato com você, prometo.

— Tudo bem, eu acho. Vou levá-la para casa. — Ele parecia tão decepcionado que o meu coração ficou apertado, mas eu não podia dizer a verdade e também não podia abandonar os meus deveres. Quando voltasse resolveria tudo com ele, agora minha prioridade era outra.

— Não precisa, vou pegar um táxi mesmo, tenho que correr — falei, já entrando na casa e indo em direção ao balcão da cozinha. Peguei minha bolsa, virei-me e dei um beijo em seu rosto. — Desculpe!

Segui porta afora, fazendo sinal para um táxi que passava. Entrei e pedi para que seguisse para minha casa, enquanto olhava pela janela, Noah, na porta, com uma expressão tão triste que fez meu coração ficar mais apertado.

Assim que o táxi parou na porta do meu prédio, avistei Uriel me aguardando com uma mochila nas costas e uma expressão de poucos amigos.

— Recebi sua mensagem. Nossas coisas estão aqui, vamos?

— Sim. — Achei melhor não argumentar. Provavelmente, a notícia de que um dos nossos foi ameaçado dessa maneira o havia deixado assim. Ainda mais sendo Gabriel.

Uriel praticamente cresceu com Gabriel. Os pais de Gabriel morreram quando ele ainda não tinha dois anos. O diretor da academia o adotou e Uriel sempre estava em reuniões na academia, junto com seu pai, mesmo quando era bem novo. Sempre brincava com Gabriel e cresceram como irmãos. Mesmo Gabriel sendo mais velho, isso nunca impediu Uriel de tomar conta dele.

Ativamos nossos selos, voando em direção à África, Uriel permaneceu calado durante todo o percurso. Quando estávamos perto de cruzar a fronteira, tive a sensação de que havia mais alguém próximo a nós. Virei-me a tempo de ver Raphael.

— Rude da parte de vocês não me avisar sobre o que aconteceu, tive que receber informações de outros guardiões.

— Não estamos em uma missão qualquer, é uma missão do nosso esquadrão. — Praticamente rosnei a resposta para ele, sua presunção me irritava demais e eu não estava em um bom dia.

— Calma, eu só quis dizer que posso ser útil. Não deviam me descartar só porque não sou do seu esquadrão. Nessas situações, toda ajuda é necessária.

— Ok, aceitaremos sua ajuda. Até porque, sinto que mesmo que não aceitássemos você viria de qualquer forma.

— Deixe-o quieto, Amy. Obrigado, Raphael! Sua ajuda é bem-vinda.

Olhei para Uriel queimando de raiva. Ele não tinha falado nada até agora e quando abre a boca é para defender esse idiota, como se eu estivesse errada. Eu entendia que ele se preocupava com Gabriel, mas estava agindo como se a culpa fosse minha. Se queria descontar a raiva, estava descontando na pessoa errada.

Ele ignorou, não só a minha raiva, como seguiu toda a viagem me ignorando.

Já era de madrugada quando adentramos a zona dos guardiões que ficavam na África. Dava para sentir, pela barreira enfraquecida, que algo havia acontecido. A massa de nuvem negra era extremamente densa, lembrava as zonas que haviam sido tomadas pelo caos. Olhei para Uriel e percebi que ele pensava o mesmo que eu. Seja o for que tenha acontecido ali, definitivamente não tinha acabado, ainda existiam muitas criaturas das sombras, dava para sentir o poder delas.

Novamente, sentimos aquele poder mais forte do que todos os outros. Aquela não seria mais uma batalha, a cidade estava parcialmente destruída e envolta em escuridão. Aquilo, definitivamente, era uma zona de guerra.

19

A cidade mal dava para ser reconhecida, pousamos próximo de uma estátua enorme, onde parecia ser um antigo cruzamento. Não havia carros nas ruas e as poucas pessoas que víamos estavam cegas por ódio, seus olhos negros denunciavam a transformação em *ruineds.* O local onde ficavam os guardiões era próximo de onde estávamos, mas a força da escuridão era tanta que não conseguiríamos passar pela barreira antes de matarmos algumas criaturas que a estavam sustentando.

— Amy, acho que temos criaturas de nível médio à frente, nunca vi tantos reunidos, alguns de níveis mais fracos também parecem estar por aqui. — Raphael falou, puxando seu pingente e o transformando em uma espada negra, com detalhes em safira.

A *Espada da Luz na Escuridão* era um dos artefatos mais antigos de nosso povo. Era chamada assim, pois tinha sido passada tanto pelas mãos de guardiões, quanto da família real das sombras.

— Bem, precisamos liberar a passagem para chegarmos até Gabriel. Depois cuidaremos disso.

Empunhei minha espada, que foi tomada pela chama vermelha. Uriel já estava ao meu lado com seu arco e flecha, pronto para atacar.

Dividimo-nos, indo em direção à parte mais densa. A escuridão que as criaturas estavam emanando era pesada, chegava a nos deixar um pouco enjoados.

Assim que passamos pela densa nuvem, pudemos enxergar as criaturas. Eram três *gloomys e* dois *riots*, era incomum vê-los juntos, pois eram criaturas de classe média, mas completamente opostas. Enquanto os *gloomys* causava destruição e caos, os *riots* geravam dor e pânico. A escuridão que eles traziam fazia com que os humanos se matassem, em vez de matar outros, e sempre deixavam resquícios suicidas nas mentes daqueles que eram atingidos e depois curados. Nenhum humano sobrevivia por muitos anos, após ser atingido por um *riot*. Eles eram um pouco mais fortes que os *gloomys*, principalmente porque seus ataques também nos atingiam, em pequena escala. Por isso, sempre precisávamos ser mais rápidos ao matar um *riot* do que um *gloomy*. Quanto mais ficássemos expostos a um deles, maiores seriam as chances de perdermos a razão.

Raphael se aproximou do primeiro *gloomy* e cortou rapidamente seus braços grotescos e sua pele cinza, fazendo escorrer um sangue preto. Uriel vinha logo atrás e acertou uma flecha de fogo bem no meio da criatura, fazendo-a rosnar e se desintegrar. Virei-me em direção a um dos *riots e* voei, mirando seus braços, que tentavam agarrar um humano que passava perto dele de cabeça baixa, sendo imediatamente sugado para sua escuridão. Cortei com facilidade sua pele verde, fazendo com que o braço caísse próximo do humano, que não notava nada ao seu redor.

Esquivei-me de um de seus tentáculos que tentava me agarrar, cortei dois deles. A criatura parecia nem ligar para os ferimentos, seus olhos negros eram um vazio completo, como se nada importasse, nem a luta ou a dor causada pelos meus golpes. Desferi mais um golpe no centro de seu ser e a criatura cambaleou, mas não fez nenhum barulho ou teve expressão. Uma luz azul atravessou o meio da criatura e ela se desintegrou logo em seguida. Olhei para Raphael, que havia deferido o golpe, e acenei, agradecendo.

Parti para a próxima criatura *riot*, que estava atacando Uriel, quase o engolindo com seu corpo gigantesco. Eu e Raphael descemos juntos em um golpe em formato de *X*, fazendo com que a criatura desaparecesse. Uriel aproveitou e se afastou para atacar um dos *gloomys*. Dei dois passos para trás e me concentrei em minha espada, aumentando sua chama e seu poder. Desferi dois golpes no último *gloomy*, enquanto Raphael e Uriel vinham em minha direção, após acabar com a criatura com quem estavam lutando.

— Vamos atrás de Gabriel. Isso ainda não acabou, mas, pelo menos, agora conseguimos passar pela barreira com menos escuridão ao redor — Uriel disse e seguiu na nossa frente, em direção ao local onde os guardiões ficavam.

O prédio era a única parte em que a escuridão não estava tão densa, graças à barreira que o envolvia. June e Marcus nos aguardavam na porta, ambos se apoiavam na parede como se estivessem tomando folego. Os cachos loiros de June pingavam suor, a bochecha de Marcus sangrava um pouco. Provavelmente, tiveram que passar por algumas criaturas para chegar até lá, assim como nós.

Assim que nos aproximamos, June veio em minha direção, de braço abertos. Ela não havia mudado nada, ainda mais usando sua armadura, parecia que ainda estávamos na academia. Ela me abraçou forte e logo depois me soltou, mirando-me com seus olhos castanhos.

— Não imaginava que sentiria tanta saudade de todos — disse, abraçando Uriel também com força.

— Infelizmente, não nos reunimos por um motivo bom. — Marcus disse com a voz sentida, enquanto nos cumprimentava. Gabriel e Marcus também sempre foram bem próximos.

— Vamos ver como ele está — falei, dirigindo-me à entrada junto com eles.

Subimos as escadas do enorme prédio, que parecia uma casa que fora dividida em quartos, lembrava uma república. Ao chegarmos ao segundo andar, encontramos dois guardiões de vigia. Pelo selo em suas armaduras, podíamos notar que eles eram do segundo esquadrão, anterior ao nosso.

— Somos do esquadrão do Gabriel, estamos aqui para vê-lo.

— Ele está no quarto, recuperando-se. Está fora de perigo, mas ainda tem algumas sequelas.

Seguimos em direção à porta.

Eu havia me preparado para o pior ao vir para cá, imaginei diversas vezes como ele poderia estar, não podia deixar de sentir culpa pelo que aconteceu. Afinal, eu era a líder do esquadrão e deveria protegê-los. Talvez tivesse sido descuidada com os acontecimentos, deveria ter investigado melhor. Só esperava, do fundo do meu coração, que ele estivesse bem.

Abri a porta e a cena me abateu como um tapa na cara, mas tentei segurar o choque e não transparecer. Todos tiveram a mesma reação ao olhar para Gabriel.

Ele estava vivo e isso já era algo maravilhoso, mas as sequelas eram realmente grandes. Seu braço esquerdo estava tomado pela cor cinza, que subia até metade do seu rosto. Um de seus belos olhos azul-escuros havia sido substituído por um olho negro, completamente vazio, assim como alguns de seus *dreads* haviam ficado sem a cor azul forte, que era sua marca. Ele havia sido mordido ou ferido por uma criatura das sombras.

Gabriel sorriu ao nos ver e fomos depressa até perto dele, todos o abraçando. Independente de qualquer aparência, ele ainda era um dos nossos e nada mudaria isso.

— Gabriel, você está bem? Ficamos preocupados. Como algo assim pode acontecer? — perguntei depois que todos o cumprimentaram.

— Amy, eu não sei explicar, foi tudo tão rápido. Eu estava voltando do trabalho e senti uma presença estranha, e antes mesmo que pudesse puxar meu laço de Odin, fui arrastado para uma escuridão sem fim. Eu não conseguia ver nada nem me mexer, era como se meu corpo estivesse suspenso no meio da escuridão. Tentei lutar, mas foi impossível. A minha sorte foi que um dos guardiões daqui, o Kyle, que está lá na porta, conseguiu me achar e me salvar. Fiquei apagado desde que cheguei, só acordei a pouco e notei as sequelas. Talvez, se Kyle não me achasse, eu teria virado um deles.

— Não pense nisso agora! Você está bem, está vivo e é um de nós. Sempre iremos protegê-lo. — Segurei forte em sua mão e lhe dei um sorriso materno. — Seja o que for, vamos descobrir e acabar com isso.

20

Cada parte do me corpo podia sentir a escuridão emanando daquele local, tal nível raramente era visto. O parque abandonado fora engolido por uma massa negra, impedindo que víssemos muito além dos brinquedos maiores e os vultos que nos rodeavam a todo instante. A fonte de toda essa escuridão parecia estar em um galpão no fundo do parque, onde a nuvem negra estava mais densa.

Depois de Gabriel nos contar sobre o ataque, conversamos com os demais guardiões da região e descobrimos que o que tinha acontecido com Gabriel não era algo isolado ou uma coincidência. Ele tinha sido atraído para aquela região inconscientemente. Após sentir que algo estava errado, ele decidiu sair para descobrir a causa e acabou chegando perto demais dali.

Não sabíamos bem ao certo, mas alguns guardiões nasciam com algumas percepções diferentes, sentidos mais aguçados ou afinidade com alguma arma específica. Gabriel tinha ambos, além de sentir com maior facilidade a escuridão, ele também havia sido atraído para encontrar o laço perdido de Odin, aos seis anos de idade. É uma das armas-tesouro, armas que são raras, especiais. Apenas quem é atraído para ela pode usá-la.

O lugar aonde Gabriel havia sentido a escuridão, que agora cobria a cidade, era aqui, nesse parque de diversões. Provavelmente, foi aqui onde tudo começou, o que significava que se quiséssemos dizimar essa escuridão, deveríamos achar o foco principal e destruí-lo.

Dividimo-nos em duplas, Uriel estava ao meu lado, mas ainda não havia falado direito comigo. Ver Gabriel daquela maneira deve ter mexido muito mais com ele do que com todos nós. Quando um dos guardiões ficava com aquele tipo de marca, era visto de forma diferente pelos outros, como se pudesse se transformar a qualquer momento em uma criatura das sombras. O que para ele já era ruim, pois já era tratado de forma diferente por ser órfão e ter o diretor da academia como tutor, acabava de ficar bem pior.

Escutei um barulho atrás de nós e me virei a tempo de ver um *ruined* se jogar na minha direção. Antes que eu erguesse minha espada, ele já estava no chão, com uma flecha cravada em seu peito, desintegrando-se. Olhei para Uriel e fiz um movimento com a cabeça, agradecendo.

Continuamos, de forma cautelosa, em direção ao galpão. Havia uma quantidade enorme de *ruineds* por ali, e alguns *riots também*. June, Marcus, Raphael e mais dois guardiões estavam cuidando disso, enquanto nosso dever era entrar no galpão e achar a fonte principal.

Assim que pisamos no galpão, uma aura de escuridão massiva nos envolveu como um véu. O poder que aquele local emanava chegava a pesar, nunca tinha visto nada desse gênero, era difícil até para respirar. Não conseguíamos ver nada à nossa frente e eu não podia acender a chama da minha espada ou isso nos denunciaria. Só podíamos seguir nossos sentidos, guiados pelo poder que a criatura estava exalando.

A mão de Uriel segurou a minha. Apertei-a fortemente. Não escolheria mais ninguém para estar ao meu lado agora.

Segui junto a ele pelo que parecia ser um enorme salão. Conseguíamos sentir uma movimentação próxima de nós, mas por algum motivo nenhuma criatura nos atacou. A cada passo que dávamos, mas difícil era se concentrar e seguir adiante, a escuridão estava tão intensa que era quase impossível organizar os pensamentos. Pelos menos, tínhamos certeza que estávamos no lugar certo.

Dava para sentir a criatura bem à nossa frente, a escuridão era tanta que ambos estávamos lutando contra nossas respirações. Precisávamos acabar com isso logo. Apertei ainda mais a mão de Uriel para avisar que estava na hora de atacarmos. Posicionei-me, pronta para correr em direção à fonte de todo aquele poder. Ascendi a chama vermelha da minha espada no mesmo momento em que Uriel lançou uma de suas flechas azuis na direção da criatura.

As Luzes iluminaram a criatura no centro do enorme galpão. Ela tinha um longo cabelo liso, vermelho como sangue, e seus chifres negros faziam duas voltas e seguiam para cima. Seus olhos eram brancos, gélidos, e suas presas estavam à mostra, em um sorriso diabólico. Sua pele tinha uma tonalidade branco-acinzentado e ela tinha asas feitas de penas negras, que cobriam seu corpo como um casulo. Seus olhos estavam cravados em nós, com puro ódio.

Corri na sua direção, pronta para atacá-la. Minha espada cortava a escuridão, iluminando meu caminho até ela. Quando estava bem próximo de atingi-la, suas asas se abriram. Desviei a tempo e consegui desferir o golpe, mas a atingi de raspão, errando por poucos centímetros. Virei-me ao ver o corpo feminino coberto por um vestido preto longo, quase como um vestido de gala. Em seu peito, um colar dourado reluzia e mostrava o símbolo da família original. Fiquei desnorteada por um momento e me virei para Uriel, que tinha a mesma expressão que eu estampada em seu rosto.

Aquela era uma das princesas das sombras, por isso todo esse poder, essa escuridão tomando a cidade tão depressa. Se ela estava por trás disso, tinha uma grande chance de ser o início de uma guerra. Não tínhamos gente suficiente aqui para lutar contra algo tão forte, precisávamos do esquadrão inteiro. Mas não podíamos recuar, teríamos que tentar.

Mal terminei de me virar e aumentar a chama da minha espada, e a princesa das sombras investiu contra mim. Ergui minhas asas, esquivando-me de seu ataque.

— Ainda bem que vocês chegaram, já estava ficando entediada. — Sua voz era aguda, de puro desdém.

Investi com toda minha força em direção a ela, enquanto Uriel tentava acertá-la com as flechas e ela desviava de todas; era realmente muito rápida. Minha espada pegou de raspão na asa esquerda dela, antes que me acertasse com um soco no peito. Meu corpo parecia ter sido atingido por um pedaço de madeira, de tão forte. Caí no chão, sentindo minhas asas doloridas pela aterrissagem. Levantei-me cambaleando e a vi ir em direção a Uriel, com uma lança negra em sua mão. Joguei Uriel para o lado, sentindo a lança transpassar uma de minhas asas, a dor era tão grande que foi impossível conter o grito. Minha asa continuava presa contra o chão, pela lança, e não parava de sangrar. O som da risada dela ecoava por todo o galpão.

Uriel pegou uma de suas flechas e transformou em lança, tentando acertá-la enquanto ela ria, mas foi inútil. Ela o jogou para o outro lado, fácil como se ele fosse feito de papel. Seu corpo voou, atingindo um dos brinquedos do parque que ficavam guardados ali. Ouvi quando sua cabeça se chocou contra o brinquedo e ele caiu inconsciente no chão. Ela se virou em minha direção e abriu o sorriso mais perverso que eu já havia visto, e foi na direção dele. Ela ia matá-lo, eu tinha certeza disso, dava para ver em seus olhos.

Por mais que eu tentasse, não conseguia soltar minha asa da lança. Se eu não fizesse algo rápido, ela mataria Uriel. Eu precisava conseguir sair dali, precisava afastá-la a qualquer custo.

Respirei fundo, concentrei toda minha força e tentei voar na direção dela. Meus ossos eram pura dor, eu sentia cada nervo da minha asa sendo rasgado, enquanto fazia força para subir. A dor era tão forte que em minha mente só via Uriel e dor. Vê-lo inconsciente, precisando de mim, foi a força que eu precisava. Não importava a dor, não importava se eu perdesse minha asa, não importava se eu teria que morrer, eu salvaria Uriel, custasse o que custasse. Não deixaria a pessoa que me ajudou a vida toda, meu irmão, morrer assim. Mesmo que ela fosse uma princesa das sombras, mais forte que qualquer um de nós, isso não poderia acontecer.

Senti-me finalmente livre, enquanto a dor se multiplicava por todo meu corpo. Concentrei-me apenas na minha espada e me joguei na frente de Uriel.

21

A escuridão havia envolvido meu corpo por completo, eu não me lembrava como, mas estava ali, mergulhada nela. Não havia mais dor, não havia mais sangue, apenas meu corpo flutuando em meio aquela escuridão.

Lembrava-me do rosto inconsciente de Uriel, de mãos me segurarem e, depois, tudo ficava preto. Minha mente estava tão tranquila... em paz. Mesmo que algo me dissesse que eu devia me preocupar, lá no fundo, eu não conseguia. Talvez, morrer fosse assim, tranquilo. Só não esperava uma escuridão tão grande.

Senti algo me espetar. Virei-me, procurando o que era, mas não tinha nada. Novamente, mas não havia nada além da escuridão. Meu corpo, aos poucos, foi esquentando e duas mãos enormes envolverem a minha. *Quem estava ali na escuridão comigo?*

Ao mesmo tempo em que um alívio por não estar sozinha me invadiu, veio a preocupação. *E se fosse Uriel? Será que eu tinha fracassado e ele estava morto também?*

Abri os olhos e a claridade os fez arder. Tudo estava embaçado. Fiz força para levantar, mas foi em vão. Tinham tantas coisas me segurando...

Arranquei a máscara que estava deixando tudo embaçado e tentei novamente me levantar, a dor foi lacerante. Cerrei os dentes e me virei para ver o rasgo enorme que eu tinha na asa. Lá estava o ferimento feito para salvar Uriel, mas não sangrava mais. Eu estava viva e a dor era extremamente real.

Senti um peso em minhas pernas e, ainda meio grogue, virei-me. Só então notei que havia alguém segurando minha mão, as mãos enormes na escuridão. Talvez fosse isso...

A pessoa virou o rosto, enquanto seu cabelo negro caía por seu rosto, dando o contraste perfeito contra sua pele extremamente clara. Ele parecia estar em paz, enquanto dormia. Mesmo com enormes bolsas embaixo dos olhos, parecia exausto. Foi então que me dei conta de que nunca tinha parado para observar Raphael de perto. Ele era realmente bonito. Tinha traços suaves. Sua boca era rosada e o desenho dela formava um perfeito arco de cupido. Seus enormes cílios negros chegavam a fazer sombra contra sua pele. Por um momento, pensei em tocar seu cabelo, seu rosto, mas ele me irritava demais para eu fazer algo assim.

Seus olhos se abriram e aquele azul quase branco me deixou imediatamente com as bochechas vermelhas. Mas havia algo diferente, seus olhos não estavam daquela forma gélida de sempre, pareciam, de certa forma, doces.

— Oi — ele disse, enquanto levantava e se espreguiçava. Olhou-me sorrindo, algo realmente estranho vindo dele.

— O que... aconteceu? — perguntei ainda confusa, minha voz saindo rouca e falhada.

— Bem, vocês encontraram Ruby, uma das princesas das sombras, e tentaram lutar sozinhos contra ela, mesmo sabendo que não deviam. Entendo o motivo de terem feito isso. Quando cheguei, ela estava prestes a enfiar a lança no seu coração. Consegui impedir e expulsá-la desse mundo. — Ele explicava tudo de forma calma, observando-me atentamente.

— Como você conseguiu isso? — Eu estava atônita. Como ele sozinho havia conseguido se livrar daquela coisa?

— Quando eu havia acabado de descer para a Terra, o líder do meu esquadrão encontrou com umas das princesas. Ela não estava tentando dominar uma cidade como essa, nem era tão poderosa, mas ele conhecia um truque para mandá-las embora. Não as matava, mas resolvia o problema por alguns anos. Se quiser, posso te ensinar qualquer dia. — Ele sorriu, parecia tão gentil que estava me deixando confusa. — É claro, só depois de você estar recuperada. Aliás, você deu sorte do médico conseguir salvar sua asa. Ele disse que você vai ficar algumas semanas sem poder voar, mas depois estará perfeita.

— Obrigada por me salvar! De verdade, eu sei que não somos muito próximos, mas obrigada. Se precisar de qualquer coisa, é só me falar. Estou te devendo. — Minha voz parecia mais um sussurro. Era difícil admitir que eu precisasse ser salva, nunca precisei de nada assim. E havia sido justamente o Raphael, que sempre fora tão irritante. Mas agora, olhando-me, ele parecia tão doce e gentil, bem distante do normal. Ou, talvez, esse fosse o seu normal.

— Não precisa agradecer, você é importante para mim. — Seus olhos desviaram dos meus e ele abriu a boca para dizer algo, mas fechou novamente ao escutar passos no corredor.

— Amy! Graças a Deus você está viva! — Uriel entrou no quarto, com sua roupa de guardião perfeita, apenas a cabeça enfaixada.

— Uriel! — Soltei-me dos fios e tentei sair da cama, mas fui impedida imediatamente por dois braços enormes, que me fizeram deitar de novo.

Raphael era realmente grande, acho que nunca tinha me dado conta disso. Senti meu corpo inteiro ainda dolorido.

— Fique deitada, vou deixar vocês dois — Raphael disse sem nem olhar para mim e saiu do quarto.

— Droga, Amy! Achei que tivesse te perdido para sempre. — Uriel me enlaçou em seus braços bem devagar, tomando cuidado para não me machucar. Era tão bom saber que ele estava vivo.

— Uri, eu achei que o tinha perdido. Quando vi você inconsciente daquela forma, e ela indo em sua direção... — As lágrimas extinguiram a minha voz. Só de me lembrar da cena, meu coração afundava no peito. Nunca tive tanto medo quanto naquele momento.

— Está tudo bem, eu tô aqui e você também. Tudo foi resolvido. — A voz dele era tão tranquila...

Eu amava Uriel com todo meu coração, ele era meu melhor amigo, meu irmão. Sei que sempre estaria ali para me acalmar.

— Eu te amo, Uri! Obrigada por sempre estar ao meu lado.

— Eu também te amo, Amy. Eu que devia agradecer. Você quase perdeu sua asa por minha causa. — Ele se afastou e olhou para minha asa, no local onde a lança havia ficado.

— Você faria o mesmo por mim. — Peguei suas mãos, olhando-o de forma doce.

— Faria. Mas quem te resgatou foi o Raphael. Aliás, ele não saiu do seu lado, desde que a trouxe para cá.

Uriel estava com aquele sorrisinho de quando sabia de algo que eu não sabia.

— Sério? Não esperava algo assim dele.

— Ai, Amy! Você é tão perspicaz no trabalho, mas deixa passar coisas que estão debaixo do seu nariz.

— Como assim? — Olhei para ele confusa.

Sobre o que ele estava falando? Raphael? Era impossível que ele sentisse algo a mais por mim, sempre sendo tão irritante comigo. Só me salvou como salvaria o Uriel ou qualquer outro guardião.

— Bem, se você não sabe, não sou eu que vou dizer.

— Você é impossível! — Revirei os olhos e me encostei na cama. — Sabe quando serei liberada?

— O médico disse que daqui a uma semana poderemos voltar para Chicago. Mas teremos que ir de avião. — Assenti com a cabeça e suspirei, olhando para minha asa.

— Tenho que avisar no meu trabalho.

Ele assentiu e me deu meu celular.

— Vou deixá-la descansar, depois eu volto.

Peguei o celular e vi as inúmeras mensagens de Noah, perguntando como eu estava e o que tinha acontecido. Eu havia avisado na empresa que iria me ausentar por alguns dias, mas não tantos. Suspirei, lembrando-me do nosso quase beijo no jardim. Aquilo nunca mais poderia voltar a acontecer. Não conseguiria ter Noah no meio disso tudo. Isso se ele não enlouquecesse logo de cara.

Respirei fundo, enquanto apertava a tecla para ligar. O telefone chamou apenas duas vezes, antes que eu escutasse a voz preocupada dele do outro lado da linha.

— Amy, finalmente! Eu estava ficando preocupado. Faz quatro dias que eu te mando mensagem e nada de resposta.

— Noah, desculpe, eu sofri um pequeno acidente. Fui descuidada e acabei batendo meu carro, estou no hospital. E antes que pergunte, está tudo bem, eu estou bem, mas preciso que avise na empresa que vou ter que me recuperar por alguns dias.

— Você realmente está bem? Precisa de mim?

— Não. Quer dizer, eu estou realmente bem, Noah. Só preciso de alguns dias e estarei de volta ao trabalho.

— Não estou te mandando mensagens por causa do trabalho, queria saber de você. Você saiu correndo naquele dia e depois eu descubro que foi viajar. Eu não sabia o que pensar, Amy.

— Eu tive que ajudar um amigo, Noah. Foi urgente, por isso não pude te falar. Quando voltar nós conversamos melhor, ok? Preciso desligar.

— Tudo bem. Tchau, Amy. Sinto sua falta.

— Tchau, Noah. Eu também.

A voz dele, a preocupação, a forma como estava ali tão presente... Eu tinha que me manter distante e afastá-lo. Tudo isso era uma tortura, mas eu sabia que mesmo que doesse, seria o melhor para nós dois. Tudo o que estava começando a sentir tinha que ter um fim, pelo menos para ele.

22

Raphael veio me visitar todos os dias, desde o acidente. Ele vinha sempre que Uriel saía, ficava junto de mim, conversando ou apenas me observando, como um guarda-costas. Mesmo quando eu acabava pegando no sono, ele não saía do meu lado. Ele continuava sendo gentil e doce, bem diferente de antes.

Já fazia uma semana, desde o incidente. June e Marcus haviam me visitado e já tinham voltado para suas cidades. Toda a escuridão fora enfraquecida, após a princesa ter sumido, e ficou fácil para eles e os guardiões destruírem as criaturas restantes. A escuridão finalmente deixou a cidade, mas, infelizmente, muitos humanos foram tocados por ela, somente uma parte foi salva quando tudo se iniciou. A tristeza dos familiares que haviam perdido para sempre seus entes queridos dava para ser sentida.

Eu estava sentada perto da janela do enorme prédio, enquanto via mais uma família passar, todos vestidos de preto e chorando. O céu estava cinzento e chovia de forma branda, como se também se compadecesse por tantas perdas e chorasse junto com as famílias.

Escutei o barulho de passos e me virei, esperando ver Uriel ou Raphael, mas assim que vi os *dreads* pelo vidro do corredor, soube que era Gabriel. Ele entrou no quarto e veio até a janela.

— Amy, como você está? — perguntou de forma tranquila, enquanto se sentava perto de mim.

— Bem melhor. E você? — Virei-me, olhando para ele. Algo havia acontecido para Gabriel estar aqui.

— Também. Estou cem por cento, ou quase isso — ele disse, olhando para o braço que havia sido marcado pelas sombras.

— Entendo. — Suspirei e mostrei minha asa, que agora estava com uma mancha negra enorme no local onde havia sido ferida. Depois que começou a cicatrizar, a marca da sombra foi se espalhando, até que se expandiu por quase toda a asa.

— Amy, eu queria conversar algo com você, a sós.

— Pode falar, Gabe.

— Mesmo depois de tudo ter acabado, eu ainda sinto o poder da escuridão. Não como antes, mas ainda dá para sentir, sabe? Como se algo estivesse adormecido ou à espreita. Eu não sei explicar muito bem. De qualquer forma, queria te avisar sobre isso, para que você tome cuidado.

— Nós tivemos essa mesma sensação em Chicago, durante uma luta. E depois do que aconteceu aqui, não tenho mais dúvidas, algo está sendo planejado. Obrigada por avisar, Gabe.

— Nada, Amy. Se eu puder ajudar em algo. — Ele se levantou e acenou, enquanto saía do quarto.

Assim que ele se foi, Uriel entrou.

— Deixa eu adivinhar, você escutou tudo.

— Sim, você sabe que sim. Temos que avisar ao conselho. — Ele se sentou na cama perto de mim.

— Eu sei, já estava pensando sobre isso. O certo era eu ir até lá, mas como estou impossibilitada, você terá que ir no meu lugar.

— Odeio isso! Você resolve essa parte diplomática bem melhor do que eu. — Ele suspirou e olhou para a janela. — Vou amanhã para Skylion, resolver o que faremos a partir de agora. Vou deixar o Raphael no meu lugar, cuidando de você, apesar dele já estar fazendo isso.

— Ninguém precisa cuidar de mim. — Revirei os olhos e o empurrei de leve. — Já estou boa, não sei por que não me liberam logo.

— Porque você ainda não está bem. Mesmo que se faça de durona, precisa se recuperar por completo, antes de enfrentar outro demônio que nem aquele.

— Eu sei. Enfim... Amanhã você vai para Skylion.

— Sim, e quando voltar vou direto para Chicago. Acredito que até lá já terão te liberado.

— Ótimo! Adoro andar de avião sozinha.

— Quem disse que você vai sozinha? — disse Raphael, entrando no quarto. — Vou junto com você de avião, ando muito cansado para voar.

— Claro, isso é mesmo perfeito — sussurrei, enquanto ele se sentava bem próximo a mim, o suficiente para sentir sua respiração perto da minha nuca, o que fez meu coração acelerar e me deixou sem reação.

Não estava entendo o motivo do meu corpo reagir assim, só queria que ele parasse. Estava louca, definitivamente.

— Acho que nunca vi tanto entusiasmo por estar na minha companhia — ele se queixou. — Sinceramente, se eu não tivesse uma autoestima boa, estaria ofendido agora.

Seu sorriso de deboche contrastava com seu olhar gentil, e o que normalmente me deixaria irritada, com raiva, agora me deixava sem graça. Tinha certeza que devia ser algo na minha medicação.

— Eu só não sou fã de avião.

Tentei espantar aquele pensamento da minha mente, mas era difícil quando ele estava tão próximo. Eu só conseguia pensar em como seu sorriso aberto contrastava com o resto do seu rosto, que tinha traços delicados, quase esculpidos.

— Alguém que adora voar, não gosta de avião? Você é uma caixinha de surpresas, Amy. — Sua mão segurou meu queixo de forma brincalhona e todo meu rosto pegou fogo de vergonha.

— Acho que já está na hora de você me deixar descansar, sabe. Tô me sentindo um pouco dolorida. — Fui me afastando dele e me deitando na cama, fingindo bocejar.

— Tudo bem, assim que chegar em Skylion eu mando uma mensagem — Uriel disse, enquanto se levantava e ia em direção à porta, seguido por Raphael.

— Bons sonhos, Amy! — Raphael falou, antes de acenar e sair.

Virei-me na cama, sentindo meu rosto ficar mais vermelho ainda, se é que isso era possível. Eu não entendia que droga estava acontecendo comigo, não sabia o motivo do meu corpo responder dessa maneira ao Raphael quando minha mente ainda pensava em Noah. Mesmo após uma semana separados, eu ainda sentia meu coração saltar sempre que ele me mandava mensagens.

Não fazia nenhum sentido o que estava acontecendo, eu não podia sentir coisas tão semelhantes pelos dois. Ainda mais por Raphael, que nunca havia despertado nada disso em mim. Mas algo havia mudado. Agora, sempre que ele se aproximava, meu corpo todo respondia. Minha pele formigava, minhas bochechas ficavam vermelhas, minha respiração ficava ofegante só de lembrar dos sonhos que tive com ele.

Por algum motivo, aquela pose irritante de *bad boy* que ele sustentava não me causava mais raiva. Talvez, por tudo que aconteceu ou porque eu nunca tinha me permitido olhar para ele através da imagem que exibia.

Ele estava sendo gentil comigo, sempre cuidando de mim. Mesmo quando debochava de algo ou me irritava, não parecia me atingir como antes. Eu não entendia muito bem, mas Raphael estava mexendo de alguma forma comigo, e isso só me deixava mais confusa ainda sobre tudo.

23

Era madrugada, eu havia perdido o sono por completo. O único barulho vinha da chuva, batendo contra a minha janela, e era extremamente relaxante. Normalmente, o som me faria dormir em segundos, mas desta vez não. Minha mente estava a mil.

Uriel já havia ido para Skylion, mas ele nunca foi muito bom com o conselho, sempre odiou esse tipo de coisa. Só de pensar na reação deles quando soubessem o que poderia estar por vir, eu ficava ansiosa, querendo sair logo da cama e começar a agir.

Não via Raphael desde a hora em que eu mandei os dois saírem, como havia feito durante toda a semana. Suspirei e me enrolei mais nos lençóis. Raphael era um quebra-cabeça, daqueles tão difíceis que chegam a dar um nó em nossa mente.

Escutei barulho de passos e me virei, esticando o braço para pegar minha espada.

— Calma, sou eu. — A voz rouca de Raphael ecoou pelo quarto, fazendo-me largar a espada.

Ele veio em minha direção, com as mãos nos bolsos, quase como se estivesse perdido em pensamentos. Puxou a cadeira que ficava próximo da minha cama e se sentou, apoiando a mão na guarda da cama e descansando o queixo sobre ela.

— O que está fazendo aqui há essa hora? — Levantei, sentando-me na cama.

— Vim dar um noticia, achei que iria te animar. — Ele me direcionou um olhar perdido, distante. Então, desviou, olhando para a janela. — Mas agora já não sei se devo contar.

— Conta, logo. Você não veio até aqui só para me deixar na curiosidade. — Bufei, enquanto me remexia na cama. — Anda, fala!

— Tudo bem. — Ele suspirou, derrotado. — Você está livre. O médico liberou para voltarmos pra casa. Mas você ainda não pode lutar ou voar, pelo menos por mais cinco dias — ele disse essa última frase como um alerta, para que eu não tentasse ir contra isso.

— Serio? Finalmente! Não aguentava mais ficar enfiada nesse quarto. — Dei um soquinho no ar, enquanto abria o maior sorriso. — Podemos ir agora? Mal posso esperar para sair daqui.

— Claro que não! E não fique toda animada, você vai continuar de repouso. Comprei nossas passagens para o voo de nove horas da manhã — informou com uma expressão de tristeza, como se algo realmente o estivesse chateando, o que era estranho, porque ele deveria estar feliz de voltar.

— O que houve? Deveria estar feliz. Tudo voltará ao normal, você até vai poder me irritar de novo — falei, enquanto dava um leve empurrão em seu ombro.

— Era sobre isso que eu estava pensando. — Ele finalmente voltou a me olhar diretamente, e respirou fundo. — Tem algo que eu quero conversar com você, mas não sei muito bem como explicar.

— Fala, sou toda ouvidos. — Inclinei-me, ficando séria e prestando atenção.

— Eu queria pedir desculpas, pela maneira como agi com você quando a conheci. — Sua voz estava muito mais rouca que o normal e sua expressão era extremamente séria. — Fui acostumado a estar sempre sozinho, meus pais nunca foram presentes ou ligaram muito para mim. Minha família, em geral, sempre me excluiu de tudo e isso acabou fazendo com que eu me acostumasse a ser sozinho, talvez ao ponto de começar a afastar as pessoas sem que eu percebesse. Eu sei que fui um pouco irritante e presunçoso com você, mas é só porque não estou acostumado a ter alguém por perto. — Ele terminou de falar e continuou me encarando. Dava para ver em seus olhos que estava falando a verdade, e eu não sabia o que dizer.

— Olha, acho que eu também tenho que pedir desculpas, podia ter sido mais razoável. Talvez tenha ficado com muita raiva sem um motivo realmente forte. Isso me impediu de tentar me aproximar. — Estendi minha mão, pegando a dele e senti um choque passar por nós, um arrepio que percorrer meu braço. Ignorei a sensação e permaneci segurando a mão dele. — Amigos?

— Com certeza, ou mais do que isso. — Ele apertou minha mão e minhas bochechas queimaram. Senti o calor se espalhar pelo meu corpo. Ele deu um sorriso de canto e por algum motivo isso me fez querer permanecer nessa bolha.

Eu não sabia ao certo o que era isso, mas a sensação do toque dele era tão boa, tão reconfortante e, ao mesmo tempo, excitante. Seu dedo polegar fez leves movimentos circulares, acariciando minha mão, enquanto seus olhos não saíam dos meus. Eu ainda não sabia como responder aquilo, nem sabia se deveria me afastar. Tudo estava muito confuso.

Ele se inclinou na minha direção, ficando muito próximo do meu rosto. Eu ainda estava sem reação, mas não recuei. Senti seus lábios na minha bochecha, bem próximo dos meus lábios, deixando um rastro de calor por onde passava. Minha pele estava em chamas, podia sentir isso em cada canto do meu corpo.

Ele se afastou, colocou uma mecha do meu cabelo para trás da orelha e se levantou, indo em direção ao sofá que ficava próximo à janela, deitou ali e em poucos minutos eu escutei sua respiração calma. Ele havia adormecido.

Eu estava mais acordada do que nunca, parada ainda no mesmo local, em choque, sem saber o que fazer ou o que pensar. Deitei-me na cama, mas não consegui pregar o olho. Não sabia o que estava sentindo ou o que deveria fazer, só sabia que precisava botar minha mente no lugar. Até lá, nada de Noah ou de Raphael.

Seguimos para o aeroporto, assim que amanheceu. Raphael não havia tocado mais no assunto, como se nada tivesse acontecido e a noite passada fosse apenas um sonho. Ele continuava o mesmo das últimas semanas.

Estava carregando minhas malas, enquanto seguíamos para embarcar. Mal podia esperar para estar no meu quarto, longe de uma possível guerra, longe de dois sentimentos conflitantes, longe de toda essa confusão.

Olhei ao redor ainda sonolenta, estávamos no avião. Senti um peso em meu ombro e percebi que Raphael dormia profundamente, sua respiração calma contra o meu pescoço. Uma sensação de paz me inundou. Sabia que aquela sensação não deveria fazer sentido. No fundo, eu estava surtando, mas abafava, apenas aproveitando a sensação que ele me causava.

Ele tinha mudado, ou talvez a forma como eu o enxergava havia mudado. Sim, era exatamente isso. Antes eu não olhava para ele com vontade de sentir seu toque, antes essa situação não seria nem possível. Nós dois dentro de um avião, com ele dormindo ao meu lado... O mais provável era que eu estivesse do outro lado do avião, evitando-o a todo custo e pensando em outra pessoa.

Não faz mais sentido pensar nessa pessoa. Talvez seja isso, ou meu coração decidiu amar os dois e eu já não sei como seguir em frente dessa forma.

Meus pensamentos se dissiparam ao sentir ele se mexendo. Olhei para baixo e me deparei com seus olhos azuis, claros como o lago mais límpido. Pareciam sonolentos e pela primeira vez me deixei ver o outro lado dele, um lado que eu ainda não conhecia. Ele não era sempre prepotente ou durão. Ali, naquele momento, ele era só um homem com um sorriso travesso e extremamente lindo, que talvez eu pudesse amar.

— Ei! — Sua voz rouca era quase um sussurro.

— Oi!

— Não me olhe assim.

— Assim como?

— Como se estivesse realmente questionando o que eu falei ontem.

— Não deveria?

— Sim, mas não me deixe saber.

— Por quê?

— Porque isso encoraja ações que eu estou segurando.

— Como o quê?

— Como isso.

Ele me puxou pelo pescoço, envolvendo seus dedos no meu cabelo e unindo nossos lábios com urgência, como se tivesse medo de eu mudar de ideia ou de impedi-lo. Mal sabia ele que naquela hora tudo o que eu mais queria era exatamente aquilo, não me importava o resto ou o que ia acontecer depois.

24

Uriel já havia me mandado mensagem sobre como as coisas estavam seguindo em Skylion, aparentemente, ele precisariam de Gabriel para depor sobre o ocorrido. Enquanto isso, Peter e Luiza estavam enviando as provas sobre os planos de invasão que a escuridão estava planejando. Todos iriam se reunir em Skylion daqui a três dias. Se eu conseguisse voar, iria junto. Eles estavam tentando descobrir onde seria o novo ataque, mas até agora ainda não havia pistas.

Tudo ficou extremamente calmo depois do ocorrido, o que era estranho. Até mesmo meus sonhos haviam parado. De qualquer forma, os próximos dias seriam decisivos, então, todos os guardiões estavam em estado de alerta, por todo o mundo.

O voo e o caminho até meu prédio foram tranquilos. Raphael e eu conversamos sobre a situação e como ela seria resolvida, mas não trocamos nenhuma palavra sobre sentimentos ou algo do gênero. Talvez ele só tivesse feito aquilo por impulso. Sendo sincera, eu também havia agido por impulso, mas sabia que tinha algo a mais ali.

O táxi parou em frente ao meu prédio e, pela primeira vez desde que tinha vindo para a Terra, eu me senti em casa.

Parecia que tinham se passado meses, e agora, ali, sentada no banquinho ao lado de Raphael, eu conseguia sentir toda carga do que estava acontecendo. De alguma forma eu entendia que não era mais a mesma, algo havia mudado dentro de mim.

— Você vai ficar bem sozinha? — Ele já havia vasculhado o apartamento umas duas vezes antes de sentar ao meu lado, mesmo assim parecia inquieto.

— Sim, acho que você está esquecendo com quem está falando. — Revirei os olhos e levantei do banquinho, indo para a cozinha.

— Eu sei, mas você não pode lutar, ainda não.

Logo ele estava perto de mim, observando enquanto eu colocava água na chaleira.

— Mesmo sem estar completamente curada, eu consigo me virar. Não tem motivo para preocupação. Quer chá?

— Não, já vou indo. Tenho que trabalhar. Eu ligo mais tarde para saber se precisa de algo. Não se esforce muito, descanse. Se qualquer coisa acontecer eu estarei aqui. — Envolveu minha cintura com um de seus braços, fazendo-me virar, e me encarou com um olhar sério.

— Pode deixar. — Sorri, enquanto ele me puxava para perto de forma gentil.

Abracei-o de volta, sentindo seu corpo inteiro colado ao meu. Ele tinha um perfume muito bom; não tinha notado isso.

Ele se afastou e deu um leve beijo em minha testa antes de sair. Assim que fechou a porta, a campainha tocou. Talvez ele tivesse esquecido algo. Abri a porta, pronta para debochar dele, quando vi aqueles olhos cinza, intensos, fitando-me.

— Oi! Fiquei preocupado. Quando soube que estava voltando, pensei em passar aqui para vê-la. — Noah parecia sem graça por algum motivo, de uma forma que eu nunca tinha visto.

— Pode entrar, eu acabei de chegar. — Dei espaço para que ele passasse e fechei a porta. — Você quer alguma coisa? Água, café, chá?

— Não precisa, obrigado. — Ele entrou e ficou em pé próximo de mim, suas mãos seguraram a minha gentilmente e o toque dele me fez voltar ao dia em que estávamos em sua casa. Aconteceu tanta coisa desde aquele dia, que parecia ter sido há muito tempo.

— Vamos conversar na sala, então. — Tentei me desviar e seguir para a sala, mas suas mãos me puxaram de volta. Seu olhar estava fixo em mim, como se pudesse enxergar além do que eu deixava os outros verem.

Noah nunca esteve tão sério assim. Sinceramente, ter ele me olhando dessa forma tornava tudo bem mais difícil. Eu precisava esquecê-lo e pôr um fim nisso, mas vê-lo aqui, no meio da minha cozinha, parado, olhando-me dessa forma, fazia com que eu questionasse tudo o que pensava ser certo.

— Eu preciso falar com você, Amy. — Senti suas mãos segurarem ainda mais fortemente as minhas, seus olhos pareciam vidrados nos meus. — Não posso mais esperar para falar. Saber que eu podia perdê-la me fez ter mais certeza do que realmente sinto por você. Preciso que saiba, mesmo que você não corresponda, mesmo que me afaste, mesmo que você não possa me contar o que houve, preciso que saiba. Eu te amo, Amy! Eu te amei desde a primeira vez que você passou por mim como um furacão vermelho na cafeteria. Amei a primeira vez que suas bochechas coraram sob o meu olhar, seu primeiro sorriso, a primeira vez que ficou sem graça. Assim que pus meus olhos em você, eu soube que era quem eu queria ao meu lado.

Meu coração estava congelado, minha respiração estava suspensa, como se ao respirar eu pudesse deixar escapar algo. Sabia que não podia corresponder aos sentimentos dele, não agora, não sabendo que isso poderia ser o fim da vida dele. Eu havia me apaixonado sim por Noah, mesmo sendo difícil de admitir, mas estávamos fadados a nunca ficar juntos, desde o início. Eu tinha consciência disso. Ter deixado chegar até esse ponto foi minha culpa, eu devia tê-lo afastado, deveria ter sido mais cuidadosa. Agora ele estava aqui, na minha frente, confessando seu amor. Nada mais resta a não ser magoá-lo.

Além de nossa relação ser impossível, eu já não tinha a mesma certeza de antes. Afinal, se realmente o que eu sentia por ele era tão forte, porque Raphael havia mexido comigo?

Não era para ser assim. Eu sabia que sentia algo muito forte por Noah, mas também sabia o que eu sentia por Raphael. Mesmo não tendo certeza sobre nada nesse momento, eu não poderia enganar Noah. Não enquanto ele me olhava de forma tão sincera que chegava a doer em meus ossos, por ter que mentir para ele. Mas era necessário.

— Noah, eu não posso negar, falar que só você sentiu. Eu senti também, talvez ainda sinta. Mas *isso*, nós dois, não pode acontecer. Não posso explicar o motivo, só posso dizer que você não esteve sozinho, eu também me apaixonei. Cada detalhe, em cada momento eu senti aquele calor que nós causávamos. Mas não podemos. Um dia, talvez, você descubra o motivo, porém não vejo isso acontecendo. Pode me odiar, sei que mereço e aceito isso. Desculpe, Noah...

Desviei meus olhos, que começavam a marejar, e me afastei dele. Meu coração estava afundado em meu peito, como se não quisesse participar desse momento, como se tudo aquilo fosse demais para ele. Eu me sentia da mesma forma. Fiquei olhando para o chão, enquanto Noah ainda estava no mesmo local, parado, como se absorvesse tudo que eu disse.

— Está tudo bem, Amy. Eu acho que você precisa de tempo. Talvez possamos conversar depois. Eu a entendo, mas não parece que você queira mesmo me deixar ir. Posso ser prepotente ao falar isso, mas consigo ver seu corpo me dizendo o contrário do que sua boca diz. Vou me afastar. Se um dia você puder ser sincera com você mesma e comigo, estarei esperando. — Ele se aproximou de mim, deu um leve beijo no topo da minha cabeça e foi embora.

Assim que escutei a porta bater, foi como se todo meu sentimento viesse à tona. As lágrimas começaram a brotar sem parar, eu soluçava tão alto que não parecia vir de mim. Era como se estivesse fora do meu corpo assistindo aquela cena, como se não conseguisse acreditar que poderia doer tanto, deixar alguém sair da minha vida, alguém importante, que significava algo que eu nunca havia sentido. Colocar a vida dele na frente da minha não deveria doer tanto assim, mas doía.

Encostei-me à parede como se fosse pesado demais sentir tudo aquilo. Ele estava certo, eu não estava sendo sincera com ele, talvez nem comigo, mas nesse exato momento, na minha mente e no meu coração, tudo era uma bagunça sem fim. Não podia lidar com isso, nem sabia como. O amor nunca tinha entrado na minha vida, e agora eu sentia coisas inexplicáveis por duas pessoas. Já havia magoado uma. Quanto tempo demoraria para eu magoar Raphael também? Depois de aprender a me virar sozinha, saber tomar conta de mim mesma, pela primeira vez eu precisava de colo.

Uriel não estava ali e eu não poderia ligar para ele, enquanto resolvia algo tão importante. Sabia que ele atenderia e ficaria preocupado. Não podia ligar para ninguém, restava-me me encolher e lidar sozinha com tudo isso. Nunca me senti tão solitária, desde o dia em que soube da morte da minha mãe.

Fui até o meu quarto tateando o caminho, enquanto as lágrimas tomavam conta de mim. Parecia que não pararia nunca de chorar. Enfiei-me debaixo do cobertor. Sempre me falaram de amor como um sentimento tão bonito, e agora eu me sinto despedaçada, sem entender porque entre tantas pessoas eu tinha que me apaixonar justo por ele, e ao mesmo tempo por

Raphael. Ambos faziam meu coração bater mais rápido, de forma diferente, mas no mesmo sentido.

Nunca um beijo havia me feito repensar tudo como o de Raphael. Era como se algo muito mais profundo me ligasse a ele, como um fio que nos amarrava. Eu não tinha respostas e, finalmente, aceitava não tê-las. Simplesmente chorava e me permiti ser fraca, rendendo-me aos meus sentimentos.

Sua armadura reluzia, os tons de dourado pareciam ainda mais brilhantes ao sol. Seu cabelo vermelho ricocheteava ao vento, enquanto ela sorria docemente e andava em minha direção. Seus olhos verdes pareciam duas joias de tão brilhantes, era tão linda e forte.

Eu esperava por ela na varanda de casa, contava os dias para que retornasse. Ela sempre chegava sorrindo, abraçava-me apertado e me carregava em seus braços para dentro da pequena casa. Mamãe era forte e eu queria ser como ela, forte e bonita.

Um dia ela não voltou. Esperei por ela na varanda, esperei até anoitecer, mas ela não chegou. Quem chegou foi um moço, com olhar triste. Usava a mesma armadura dourada, igual a da mamãe.

Acordei ainda desnorteada, minha cabeça parecia que ia explodir de tanta dor. Ainda era noite. Tateei, procurando meu celular, peguei-o e vi se havia alguma nova mensagem. O nome de Noah piscou na tela.

Desculpe ter saído daquela forma, mas ainda existe uma coisa que você precisa saber sobre mim. Se quero que você me conte a verdade, eu também preciso ser honesto.

25

Braços me seguravam firmemente perto de seu corpo, eu podia ouvir seu coração batendo. Uma sensação de conforto se espalhou pelo meu corpo, sentia-me segura ali. As lágrimas secas na minha bochecha me lembravam da noite passada, da conversa, do sonho com minha mãe, e pequenas lágrimas novas se formavam ao me lembrar daquele dia. Só então notei que não sabia quem estava ali, mas aquele perfume não era estranho. Virei-me e me deparei com Raphael, bochechas rosadas na pele extremamente clara, boca semiaberta, respirando calmamente. Olhando-o agora, de perto, eu conseguia sentir algo familiar nele, mas não sabia o que era, como se eu já o tivesse visto antes.

Continuei ali em seus braços, sem me mexer.

Não podia trabalhar, tinha mais três dias de repouso, eles tinham caído perfeitamente. Sinceramente, eu não sabia como encararia Noah após tudo o que aconteceu. Depois da mensagem estranha que ele me enviou, não falou mais nada, mesmo depois de eu ter mandado várias mensagens. Eu não sabia se ele tinha se arrependido de mandar aquela mensagem ou se simplesmente não queria falar comigo. De qualquer forma, havia ficado muito confusa sobre o que ele quis dizer com aquilo de *verdade da parte dele*.

Esgueirei-me pelos braços de Raphael e fui até a cozinha. Peguei a pequena chaleira azul, aqueci no fogão e coloquei a água fervendo na minha caneca preta. O aroma de camomila com erva doce subiu instantaneamente, impregnando o ambiente. Respirei fundo, deixando o cheiro me acalmar por alguns segundos. Minha mente continuava confusa, ainda mais com Raphael aqui. Quando ele tinha entrado e como tinha parado na minha cama?

Olhei para o quarto, ele ainda estava com a calça jeans e a blusa branca, como se ele tivesse corrido para cá. Peguei minha caneca e voltei para o quarto, encostei-me à porta e fiquei ali, admirando-o. Não era difícil gostar de estar ali, perto dele. Então, por que no inicio eu o detestava tanto?

— Tem que pagar para me observar — ele murmurou, ainda na mesma posição.

Lembrei. Ele era irritante. Mas agora, nem tanto.

— Pode me explicar o que você está fazendo aqui? — Cruzei os braços e cheguei perto da cama, observando ele se espreguiçar como um gato, sentar e me olhar, ainda sonolento.

— Tive um mau pressentimento. Vim aqui, toquei a campainha e você não respondeu, liguei e você não atendeu. Então, abri a porta com a chave extra. Você estava gritando e chorando enquanto dormia. Tentei acalmá-la e você dormiu nos meus braços, e acabei ficando por aqui.

Peguei meu celular, que estava perto dele, e vi as ligações perdidas. Do jeito que estava exausta, não ouvi nem a campainha. Só agora notava que ele ainda estava com a bota. Balancei a cabeça, apenas Uriel cuidava assim de mim. No entanto, estava feliz por ele ter vindo até aqui.

— Eu estava exausta, devo ter apagado. — Desviei os olhos.

— Amy, não precisa explicar nada.

Sua mão aquecia minha bochecha do vento gelado que entrava pela janela, seus olhos doces pareciam entender o que eu estava passando. Sentei ao seu lado, deixando que ele me enlaçasse em seus braços novamente. Algo havia mudado, eu não me reconhecia. Deixei seu calor fazer meu corpo relaxar, minha mente desacelerar. Respirei fundo, enquanto fechava os olhos, pensando em como as coisas ficaram assim. Uma ameaça iminente, um coração em pedaços, uma mente confusa, choro antes de dormir. Isso não se parecia em nada com a minha vida. Então, como tudo se transformou nisso?

Eu sabia, desde o início, que vir para cá mudaria as coisas, mas não imaginava que fosse tanto. Isso já estava sendo ridículo. Como alguém conseguia viver com todo esse sentimento?

O toque do celular me fez sair de meus pensamentos, atendi sem nem olhar no visor.

— Amy.

— Uriel! É tão bom ouvir sua voz, você não faz ideia.

— Eu sabia que sentiria minha falta, mas não achei que seria tanto. Como você está?

— Estou bem. Trancada no apartamento, de repouso.

— Não está não, e você sabe que eu sempre sei quando você está mal. Pode ir falando.

— Não, Uri. Depois falamos sobre isso. Agora me conta, o que você descobriu?

— Ok, pelo jeito a coisa é seria. Bem, vamos aos informes. Peter conseguiu descobrir que terá um novo ataque, mas ele ainda não descobriu onde, só sabe que vai ser em breve.

— Entendi. Já estão criando alguma tática?

— Sim, o conselho já avisou a todos os guardiões. Estamos tentando ter uma noção do local, para concentrar os guardiões próximos à região. Os especialistas estão tentando se infiltrar para descobrir mais. Ao que parece, o rei da escuridão não tem nada a ver com os ataques, já que ele continua adormecido.

— Então, quem está comandando os ataques?

— Possivelmente, uma das rainhas. Estamos desconfiados que o poder que nós sentimos naquele dia e o que Gabriel sentiu seja o mesmo, da rainha mais antiga, forte o bastante para não passar despercebido. Aparentemente, ela quer fazer as coisas do jeito dela e roubar o trono das outras.

— Nesse caso, ela está usando seu poder para conseguir mais território e assim poder influenciar as demais criaturas, declarando-se a verdadeira líder deles.

— Só tem uma coisa nisso tudo que me deixou um pouco apreensivo, Amy.

— O quê?

— De acordo com as informações obtidas até agora, o próximo ataque não será liderado pela rainha, mas por uma das suas discípulas, uma princesa bastarda, que anda rondando a Terra há alguns anos.

— *Perai!* A princesa bastarda é aquela que matou minha mãe?

— Sim. Ela voltou. E dessa vez está junto com a rainha.

— Merda!

— Eu queria te contar pessoalmente, mas terei que continuar aqui por mais alguns dias. Você saberia de qualquer forma, então achei melhor que soubesse por mim. Você está bem, Amy?

— Estou. Sempre quis poder vingar a minha mãe, pelo menos agora terei a chance. Meu principal objetivo é proteger a Terra, mas se ela realmente estiver por trás disso, não pouparei esforços para eliminá-la.

— Eu sei, vamos cuidar disso.

— Mas alguma coisa?

— Sim. Assim que soubermos a localização do ataque, reuniremos nosso esquadrão. Acreditamos que até lá você já possa lutar.

— Claro, eu estou boa. O médico está sendo apenas muito cauteloso.

— Não, Amy. Você não vai se esforçar até que o médico diga que está ok. Precisamos de você, mas precisamos inteira.

— Eu sei, Uri. Tudo bem.

— Raphael está cuidando de você?

— Sim. Ele não desisti fácil.

— Amy, ele tem que cuidar de você durante esse período. Seja boazinha.

— Eu sei, mas não preciso de babá, Uri. Confie em mim, não estou me botando em perigo.

— Tudo bem, mas vou pedir para ele ficar por perto só por precaução. A coisa realmente não está nada boa, Amy.

— Entendi. Vou deixar que ele fique aqui comigo, ok?

— Fico mais tranquilo assim.

— Amo você. Cuide-se e me mantenha informada.

— Também te amo. E não rosne para o Raphael.

Revirei os olhos. Se ele soubesse.

— Tchau, Uriel. — Desliguei o celular e joguei minha cabeça para trás. Raphael ria da minha discussão com Uriel.

A princesa bastarda tinha uma longa historia, foi concebida na união da rainha mais antiga com um humano transformado pela escuridão. Por não ter o mesmo poder que as outras princesas, foi expulsa do castelo das sombras. Até a própria rainha a renegou. Bem, ao menos até agora.

Aparentemente, a rainha estava disposta a passar por isso se lhe dessem o trono, e estava usando a princesa. Há anos ela vagava pela Terra, esgueirando-se nas sombras. Sempre que cruzava com um guardião ele acabava morto. Tinha sido o caso da minha mãe. Ela era forte e tinha poderes diferentes dos outros, que eram desconhecidos até para nós.

Quanto mais eu pensava que tudo estava um caos, pior ficava.

26

Tudo estava tão frio, mal conseguia respirar, meu corpo não respondia aos meus comandos. Algo, definitivamente, estava me segurando, mas eu não conseguia ver o que era. A sensação de impotência voltou, deixando-me em pânico.

Fazia duas semanas que eu não tinha mais esses sonhos bizarros, que pareciam reais. Algo, com certeza, estava por perto. Dava para sentir o poder da escuridão.

— Vejo que se recuperou bem do ataque da princesinha. Que bom, assim eu mesma posso destruí-la.

A voz aguda e ao mesmo tempo macabra me lembrava a voz da princesa com quem havíamos lutado, só que mais velha, menos estridente do que ela.

Senti minha pele ficar ainda mais gelada, o poder da escuridão ficava mais forte ao meu redor. Mesmo sabendo que era um sonho, parecia muito real, eu podia senti-la se aproximando, escutar seus passos. Senti-me tão mal quanto no dia em que ficamos perto de um poder como esse.

— Uma pena que você não consiga se mexer, seria bem mais divertido com você gritando ou tentando lutar.

As garras dela passaram pelo meu pescoço. Pude sentir a dor quando ela fez um pequeno rasgo na minha pele, não muito profundo. A dor era real, a sensação também, tudo ali era real. Mas como poderia? Eu não estava sonhando? Como vim para aqui? Eu estava no meu apartamento agora a pouco, mas, pensando bem, não me lembro de pegar no sono nem de estar na cama.

O pânico tomou conta de todo meu ser. Eu só queria conseguir me mexer ou sair daquele lugar, mas era impossível. Meu corpo não se mexia, tentava me debater e nada, tentava falar e também não conseguia, como se minha mente estivesse presa em um corpo morto, como se eu não tivesse escolha a não ser presenciar tudo e não ter nem a chance de lutar.

Tentei me acalmar e pensar em alguma forma de sair dali. Devia ter lido algo sobre isso em algum livro, não era possível que eu não soubesse nada sobre algo assim.

— Pobrezinha! Deve estar pensando se isso é mais um sonho assustador ou se é real.

Podia sentir sua respiração gelada contra o meu rosto. Ela estava ali, era impossível que não estivesse. Pelo poder que eu estava sentindo, com certeza ela era uma das criaturas da família real das sombras, as primeiras criaturas da escuridão da face da Terra, aqueles que se assemelham com humanos, mas que na verdade são puramente escuridão. Sua forma só serve para confundir aqueles que as matam. Criadas por Lilith, foram elas que travaram a primeira batalha contra os guardiões. O rei era apenas a peça que elas usavam para conseguir aumentar seu exército, mas o verdadeiro poder vinha das rainhas.

Durantes séculos foram se alimentando de todo o caos ou criatura que nascia na escuridão. A cada passo que a escuridão dava para ocupar a Terra, mais forte elas ficavam. Assim conseguiam expandir sua família, se é que podiam ser chamados dessa maneira. O que unia aquelas criaturas era apenas o poder e a necessidade de restaurar seu império, que um dia existiu na Terra, antes de ser criada a luz. Antes dos guardiões existirem.

— Pequena criança, você não parece ter força o suficiente para conseguir se soltar das minhas garras.

Ela cravou as garras em meu braço e a dor me atingiu tão fortemente que quase perdi a consciência. Minha cabeça latejava, meu corpo inteiro sentia dor, mas eu não tinha nenhum movimento, nenhuma reação. O cheiro de sangue era forte, escutava pingar no chão.

Ela estava me torturando sem eu ter a chance de fazer alguma coisa. Eu nem mesmo podia falar. Por que ela não acabava logo com isso?

— Achei que você seria mais forte, sua mãe foi mais forte do que isso, pelo menos ela lutou. Você, por outro lado, acho que não deseja viver. Será que é isso? Então, talvez eu esteja fazendo um favor a você.

As imagens do enterro da minha mãe, da notícia da morte dela, atingiram-me como uma lança cravada em meu corpo. O modo como ela se despediu de mim e prometeu que voltaria... Todas as vezes que meu pai virou a cara sem conseguir olhar para mim, os dias que passei ao lado de seu túmulo depois que a enterraram, tudo voltou.

A força que ela sempre teve, a guerreira que sempre foi, tudo isso havia sido arrancado dela, sem motivo, por simples fome de poder. Agora, a pessoa que tinha feito isso estava ali, prestes a tirar minha vida, assim como tirou a dela.

Meu corpo todo emanou a mesma chama vermelha que minha espada continha, *A Espada Da Alma*. Mesmo que ela não estivesse aqui comigo, seu poder era carregado por mim, assim como minha mãe o carregou. Eu não morreria desta forma.

Senti meu corpo voltar a se aquecer e os movimentos irem retornando, mas me mantive parada, pois ainda não conseguia enxergar. Na verdade, isso não seria um problema, já que eu sabia exatamente onde ela estava e poderia atacá-la no momento certo.

— Se é assim, vamos terminar logo de uma vez com isso.

Sua voz se tornou mais aguda e escutei quando ela pegou a lança. O barulho do metal cortando a vento me avisou o momento exato em que me atacaria. Assim que ela o fez, segurei sua lança e enfiei contra seu próprio corpo, não dando chance para que fugisse ou voltasse a me atacar.

Escutei seu rugido, seguido do cheiro de sangue. Havia conseguido acertá-la, não sabia bem onde, mas aquilo me daria tempo suficiente para tentar sair dali.

Comecei a me afastar o máximo que podia, mas a escuridão continuava a me engolir, como se fosse um beco sem saída. Quanto mais eu corria, mas parecia um labirinto sem fim. Escutava ela praguejar e soltar alguns rugidos, enquanto tentava se livrar da lança. Precisava sair dali antes que ela viesse atrás de mim, mas eu não fazia ideia de onde estava.

Ela não poderia ter me arrastado para o submundo, senão eu já estaria morta, a menos que ela tivesse me feito atravessar o limbo. Eu não me lembrava de nada e isso só piorava a minha situação.

Comecei a escutar passos vindo em minha direção, o cheiro de sangue estava ficando mais forte, era ela. Eu não sabia para onde correr, nem tinha nenhuma arma comigo. Cada passo que ela dava meu coração acelerava mais, precisava escapar dali, precisava sair daquela escuridão sem fim. Teria que encarar e lutar, nem que fosse com as minhas próprias mãos. Não deixaria ela me matar.

Dei mais alguns passos para trás, enquanto sentia ela se aproximar. Fui recuando, sem saber para onde, até que senti uma mão em meu braço. Todo meu corpo gelou. Era o fim.

27

Fui puxada e jogada para um canto, o piso gelado contra a minha pele me fez perceber que eu estava com o mesmo vestido que usava no meu apartamento, antes de vir parar a aqui. Senti a mão tapar minha boca e, só então, percebi que quem estava ali não era a mulher que antes me torturava. Seus lábios encostaram na minha orelha, quando ele sussurrou:

— Fique bem quieta e me espere aqui.

Depois disso, não senti mais seu corpo perto de mim. Escutei os passos dele se afastarem, em seguida o barulho de um metal cortando a carne e o cheiro de sangue ficando cada vez mais forte. Eu queria ir atrás e ajudar, mas o medo de botar tudo a perder me deixou imóvel, apenas torcendo para que o sangue não fosse dele.

Poucas coisas eu sabia sobre Raphael, mas uma eu tinha certeza: ele sabia se virar com essas criaturas. O problema é que essa era a princesa bastarda, bem mais velha e forte do que aquela que encontramos no galpão. Mesmo se fosse até ele, eu não saberia como ajudar. Pela primeira vez em muito tempo eu estava indefesa, de certa forma, inútil para a situação.

O barulho finalmente sessou, eu só escutava uma respiração ofegante. O som de algo caindo no chão ecoou pela escuridão, provavelmente um corpo. O cheiro de sangue dominava o ar. Logo depois, um cheiro diferente o substituiu, um que eu não conhecia muito bem, mas parecia com gasolina. Os passos voltaram a ecoar, vindo em minha direção. Preparei-me para o que poderia acontecer.

Senti que era puxada pela pessoa, que me enlaçou em seus braços tão fortemente que meus ossos doeram um pouco, mas não me afastei, eu precisava daquele abraço tanto quanto ele.

As lágrimas escorriam pelo meu rosto sem que eu percebesse que estava chorando. Tinha acabado, ela havia morrido, a criatura que uma vez havia levado minha mãe de mim, aquela que tinha matado a pessoa mais importante da minha vida e que pretendia fazer o mesmo comigo, estava agora morta. Não deixava de sentir um peso sendo retirado de mim.

Raphael me afastou um pouco, procurou a barra do meu vestido e rasgou um pedaço. Amarrou no meu braço, que ainda sangrava onde ela havia cravado suas garras. Depois, segurou meu braço gentilmente, guiando-me por um caminho que parecia não ter fim. Sinceramente, não sei como ele sabia que estávamos indo para o lugar certo, porque eu não enxergava absolutamente nada além de escuridão.

Aos poucos, uma leve luz foi surgindo e pude começar finalmente a enxergar. O lugar era abandonado e meio destruído, cheio de cinzas. Com certeza estávamos no limbo, mesmo não entendendo como havia chegado ali.

Virei-me para Raphael e vi seu rosto coberto de sangue, e alguns machucados pelo seu corpo. Ele havia dado um fim nela, mas, não tinha sido nada fácil. Observei atentamente, tentando ver se o sangue era dele ou dela, se havia algum ferimento mais grave em seu rosto.

— Não é meu — ele falou, baixo e sério, sem se virar para mim.

Assenti e continuei andando junto dele. Sua mão não havia largado a minha, pelo contrário, ele a apertava como se a qualquer momento eu pudesse escapar dali. Mesmo que ele demonstrasse estar com raiva, não parecia ser de mim.

Passamos pela frecha de luz e saímos em um pequeno bosque, atrás do parque principal da cidade. Ainda parecia ser madrugada, não havia ninguém por ali.

Assim que entramos novamente na Terra, todo o meu corpo sentiu a dor que ela havia me causado, com muito mais intensidade que antes. Meu braço queimava e minha garganta doía como se estivessem enfiando um ferro em brasa nela. Soltei um pequeno ruído, enquanto me concentrava para resistir à dor. Tudo o que acontecia no limbo era ampliado ao voltar à Terra. Eu já havia lido sobre isso, mas nunca pensei que um dia passaria por essa situação.

— Droga! — Rangi os dentes, enquanto apertava o braço.

— Vai doer por algum tempo. — Ele se aproximou e segurou meu braço no local onde tinha sido ferido, fazendo um pouco de pressão. — Normalmente, um pouco de pressão alivia, por incrível que pareça.

— Como você me achou lá? — perguntei, enquanto ele amarrava a faixa um pouco mais forte.

— Eu fiquei preocupado, cheguei ao seu apartamento e você não estava lá, mas tinha um forte rastro de escuridão. Sempre fui bom em rastrear, segui até chegar aqui. Quando percebi onde você estava, notei que era algo realmente ruim. Só lamento não ter chego antes. — Ele me olhou nos olhos, de forma triste, como se tivesse perdido algo.

— Você chegou no momento certo, pode ter certeza. Obrigada! É a segundo vez que você me salva. Realmente não estou acostumada a ser salva — eu disse, dando um leve sorriso e tentando amenizar a dor que via em seus olhos.

Eu não entendia ao certo o motivo, mas algo nele parecia estar quebrado. Raphael parecia realmente triste, ou decepcionado com algo.

— Acho melhor eu levá-la para casa, para cuidar dos seus machucados. E, Amy, eu sempre estarei lá quando você precisar.

Ele me puxou contra seu peito e me segurou forte, enquanto dava impulso, abrindo suas asas. Eu nunca havia sido levada assim durante um voo, mas confesso que não sentia o mínimo medo de cair, não enquanto era Raphael que me enlaçava.

Aterrissamos no beco, perto do meu prédio. Ele se afastou um pouco, só o tempo de tirar a jaqueta que usava e colocá-la sobre meus ombros.

— Eu sei que ela está com cheiro de sangue, mas se alguém a vir assim vai achar que foi violentada e começaria a fazer perguntas.

— Tudo bem, eu estou cheirando a sangue de qualquer forma. Vamos depressa para que não vejam.

Seguimos em direção ao meu prédio, abraçados, para que ambos escondêssemos nossos ferimentos. Confesso que ter ele tão perto de mim daquela forma, com a cabeça apoiada em meu pescoço, estava fazendo com que eu conseguisse esquecer um pouco todo o horror daquela situação.

Entramos no meu apartamento e ele foi direto até o armário do banheiro pegar o kit de remédios. Colocou a pequena caixa em cima do balcão da cozinha, enquanto me sentava em um dos bancos. Tirou as gazes, os anti-inflamatórios e uma pequena tala. Pegou meu braço gentilmente, retirou o pano que já estava enxercado de sangue e limpou o ferimento delicadamente. Quase não o senti passar a gaze. Por fim, fez um curativo, colocando a tala por cima.

— Não foi tão profundo quanto parecia, você não vai precisar de pontos, mas vamos no médico amanhã para ter certeza —

ele disse, enquanto preparava a gaze para passar no meu pescoço.

Raphael pegou no meu queixo e o levantou gentilmente. Enquanto passava a gaze pelo meu pescoço, eu sentia um pequeno arrepio passar pelo meu corpo. Ele estava realmente próximo e suas mãos eram tão suaves...

Terminou de fazer o curativo e me encarou. Seus olhos pareciam não estar mais tristes, eles pareciam incertos, como se ele estivesse ponderando algo. Seu olhar desceu para os meus lábios, enquanto meus olhos faziam o mesmo. Seus lábios estavam entreabertos e sua respiração um pouco ofegante.

Peguei a gaze no balcão e comecei a limpar os ferimentos de seu rosto, um pequeno corte no meio da sobrancelha, outro em sua bochecha. Estava terminando de limpá-lo, quando sua mão segurou a minha. Desviei meu olhar para seus olhos. Conforme ele se aproximava, meu corpo encostava no balcão. Seus lábios estavam cada vez mais próximos. Eu não resistiria.

Seus lábios se juntaram aos meus, de forma doce e intensa, como se quisesse afastar qualquer outro pensamento. Éramos apenas nós dois naquele momento. Seu corpo estava colado ao meu, sua respiração tão ofegante quanto a minha. Meus dedos se enfiaram em seu cabelo negro, puxando-o para mais perto, intensificando o beijo, jogando tudo o que estivesse ao nosso redor para o alto. Todas as incertezas e confusões estavam caladas, só existia eu, ele e aquele momento.

28

Seu beijo tinha um gosto doce, com um leve ardor. Assim como ele, que era gentil, mas tinha sempre uma resposta pronta e sabia ser irritante quando queria. Suas mãos estavam firmes em minha cintura, como se ele não quisesse se afastar. Já não me lembrava de mais nada, em minha mente só existia o toque dele na minha pele, seus lábios macios e quentes. O ritmo ainda era suave, como se quiséssemos aproveitar e explorar ao máximo cada segundo.

Como uma brisa, ele se afastou. Seus olhos azul-claros nunca brilharam tanto como naquele momento. Alias, acho que eu nunca tinha visto seus olhos tão vivos e verdadeiramente felizes. Seu olhar sempre foi distante ou preocupado, mas nunca feliz dessa forma. Parecia um garotinho em uma manhã de natal, ao ganhar um presente.

Sua mão passou pela minha bochecha, acariciando de leve. Seu toque era tão suave que causava pequenos arrepios. Enquanto o observava, algo passou por seus olhos. Por uma fração de segundo, eu vi algo triste por trás daquela felicidade.

Ele se afastou de mim e a ausência do seu corpo, antes colado ao meu, foi imediata. Lutei contra a vontade de abraçá-lo novamente.

— Preciso ir. Amanhã bem cedo estarei aqui para ficar de olho em você — disse, levantando-se e indo em direção à porta. — Preciso resolver algo agora, mas eu não me arrependi, Amy. — Ele me olhou por um breve momento antes de sair, seus olhos estavam tristes e confusos.

Eu estava mais confusa ainda, tantos sentimentos explodiam dentro de mim. A mulher que havia matado minha mãe veio atrás de mim para me matar e agora estava morta. O sentimento de impotência que eu senti ainda estava impregnado em meus ossos. Na mesma noite eu fui do extremo terror e medo a uma sensação que só poderia descrever como mágica. O modo como Raphael me fazia sentir, o modo como ele conseguia calar o mundo ao nosso redor, até mesmo a minha mente, era, no mínimo, fascinante. Mas, ao mesmo tempo, dava-me um pouco de medo, porque ele ainda era uma incógnita.

Nunca havia me deixado levar dessa forma, mas se fosse sincera comigo mesma, admitiria que tinha sido perfeito. Não pensar tanto, mesmo que por um breve segundo. Não ser a menina certinha que se preocupa com cada ação e cada mínimo detalhe...

Caminhei até o meu quarto, enrolei-me no cobertor e fiquei olhando para o teto, desnorteada, pensando em como meus lábios ainda tinham o gosto dos dele. Em vez de ficar tentando entender o motivo de tudo ou como agir, se era algo correto ou não, permiti-me apenas sentir, ficar ali lembrando e querendo mais.

Eram sete horas da manhã, quando o alarme tocou. Remexi-me na cama, ainda sentindo meu corpo dolorido pelo que tinha acontecido há duas noites. Obriguei-me a levantar, afinal precisava voltar ao trabalho, já estava longe a tempo demais. Espreguicei-me, olhando para o sofá na sala. Raphael havia passado os últimos dois dias ali, sendo minha babá, só saía quando eu adormecia e logo de manhã já estava de volta. Não tocamos no assunto, desde que tinha acontecido. Parte de mim achava que no momento certo ele falaria algo, outra parte agradecia, pois eu não sabia ainda o que aquilo havia significado para mim, ainda mais sem rever Noah e saber exatamente o que sentia sobre ele. Não seria justo com Raphael, começar a me envolver com ele sem ter isso esclarecido em meu coração.

Fui para o banho e deixei que a água quente acalmasse minhas feridas e meu coração. Uriel havia mandado informação de que perderam o rastro da rainha e, talvez, ela tivesse recuado ao saber da morte da princesa bastarda. Mas algo me dizia que ela só estava esperando o momento certo para atacar, seu silêncio era apenas um aviso.

Quando estava terminando de colocar a saia, a campainha tocou. Raphael havia insistido para me levar e me buscar no trabalho. Sinceramente, não poder lutar estava sendo uma droga! Ao menos isso acabaria amanhã. Não que eu não gostasse dele por perto, mas odiava me sentir indefesa.

Fui até a porta, ainda secando o cabelo. Já estava praticamente pronta. Abri e perdi um pouco o fôlego ao vê-lo. Nunca tinha visto Raphael de roupa social, ele sempre usava jeans e a mesma jaqueta de couro. O terno dava um ar mais sério que o de costume, contrastava com a barba por fazer e sua atitude natural de *bad boy.* Era uma bela visão, logo pela manhã.

— Já está pronta, Amy? — Seus olhos me analisavam dos pés à cabeça. Isso não me fazia ficar sem graça, pelo contrário, gostava dos olhos dele sobre mim.

— Quase. Vou só pentear o cabelo, pegar minhas coisas e podemos ir. — Virei-me e segui para o banheiro.

— Eu o prefiro assim, rebelde — ele falou baixinho, assim que dei as cotas, e eu sorri sem me virar para ele.

O dia estava tranquilo, não tinha tanto trabalho, já que eu havia deixado tudo adiantado quando saí. Ainda não tinha visto Noah. Quando cheguei sua sala estava com as luzes desligadas e a porta fechada. Já era quase três horas da tarde, só faltava mais dois roteiros para serem finalizados. Estava terminando, quando meu celular vibrou em cima da mesa. Eu o peguei e vi o nome de Noah na tela. Ainda confusa, abri sua mensagem.

"Precisamos conversar, espero que possa me encontrar hoje no fim do expediente, para que eu possa contar a minha história, você precisa saber de tudo."

Franzi o cenho enquanto observava a mensagem, relendo-a pelo menos três vezes. Algo estava muito estranho. Primeiro ele some, não responde nenhuma mensagem. Agora quer me contar sua história. *O que ele estava escondendo de mim, afinal? Por que ele achava que isso influenciaria na minha decisão?*

Afundei na cadeira. Teria que encontrar com ele de qualquer forma, em algum momento. Melhor que fosse assim, do que fingir que estava tudo bem.

Mandei uma mensagem para Raphael, explicando que teria que resolver um problema no trabalho e que ele não precisava me buscar. Logo ele respondeu, falando que me encontraria mais tarde no meu apartamento. Larguei o celular e voltei ao trabalho, mas não consegui me concentrar, estava realmente curiosa sobre o que Noah tinha para me contar. Tentei refazer todos os nossos encontros, para perceber se eu havia deixado passar algo. Já estava batendo minhas unhas na mesa, enquanto olhava o relógio se arrastar.

Finalmente eram sete horas e eu poderia matar a curiosidade que estava me corroendo. Peguei minhas coisas, fechei minha sala e segui em direção ao escritório de Noah, que já me aguardava do lado de fora.

Vê-lo fez com que meu coração apertasse. Ele estava lindo como sempre, mas tinha algo diferente, faltava o brilho costumeiro em seus olhos.

29

Assim que ele me viu, apenas acenou com a cabeça, indicando para que seguíssemos. Fomos em direção à garagem. Ele abriu a porta para mim, deu a volta no carro e assumiu a direção. Fizemos todo o caminho em silêncio, a tensão entre nós era tão grande que quase dava para tocá-la.

Olhei pela janela e percebi que estávamos fazendo o mesmo percurso que fizemos para ir a casa dele. Senti um pequeno frio no estômago ao me lembrar de quando estive lá, no clima agradável que se instaurou entre nós, no nosso quase beijo. Não pude deixar de me perguntar o que teria acontecido se o telefone não tivesse tocado, se nada daquilo na África tivesse acontecido. Será que eu teria conseguido viver tudo naquela noite, e depois dar um ponto final? Com certeza, se isso tivesse acontecido, Noah estaria bem mais bravo do que estava agora. Ou, talvez, eu tivesse contado tudo para ele e agora ele já não tivesse mais sanidade. Eu o teria perdido para sempre.

Pensar nisso fez meu coração gelar.

O carro parou antes da casa dele, em frente a um parquinho. Por ser tarde não tinha muitas crianças, vários balanços e escorregas vazios enchiam o parque. Ao fundo, dava para ver um pequeno bosque com uma trilha. O lugar parecia ser muito bonito. Noah saiu do carro e veio até a minha porta, abrindo-a. Saí e o segui, sem dizer nada. Quando paramos próximos do início do bosque ele, finalmente, olhou-me nos olhos.

— Para contar o que aconteceu, achei melhor trazê-la ao local. — Ele desviou o olhar de mim e o direcionou para a pequena trilha, como se estivesse perdido em pensamentos.

— O que exatamente aconteceu aqui, Noah?

— Bem, acho que não tem maneira fácil de falar sobre isso. — Ele suspirou e se virou em minha direção, como se olhasse através de mim. — Eu consigo ver você, realmente ver.

— Como assim? — perguntei confusa, achando que aquilo estava ficando cada vez mais estranho.

— Eu vejo suas asas, o brilho que você emana. Consigo ver o que você é.

Minha boca se abriu em um pequeno "O", enquanto eu tentava absorver aquilo. Humanos não podiam nos ver, era impossível! O selo garantia isso. Ou ele estava louco ou não era humano.

— O que você é? — Dei um posso para trás.

— Sou humano, completamente normal. — Ele abriu os braços, como se me convidasse a avaliá-lo. Realmente, não tinha nada de diferente nele.

— Isso não faz sentido!

— Eu já vi alguém como você, bem aqui, nesse local, quando era mais novo. Devia ter uns cinco anos. Estava brincando no parquinho e acabei me enfiando no bosque. Quando estava lá, ouvi vozes e segui até o local. Vi duas mulheres, uma de cabelo loiro quase branco, com dois chifres enormes pretos, asas negras e garras enormes. Ela tinha uma pele acinzentada e olhos de pura escuridão. Quando a vi, escondi-me o máximo que pude. Queria fugir, mas não sabia como. Minhas pernas travaram e eu só conseguia chorar baixinho, enquanto aquele ser vinha em minha direção. Quando ela se aproximou, outra mulher apareceu, com uma armadura dourada e asas enormes e brancas como a nuvem. Seu cabelo era vermelho como fogo e olhos verdes como esmeraldas, com uma expressão meiga, mesmo enquanto estava lutando com a outra. Ela se parecia com você. Na verdade, quanto a conheci achei que fosse ela, até que percebi que não era. Acho que elas já estavam lutando antes de eu aparecer, mas minha presença acabou acalorando a briga. Quando a mulher de cabelo branco tentou me acertar, a que se parecia com você entrou na frente, gritando para que eu corresse. Eu obedeci e não escutei mais barulho algum. Não vi mais nenhum de vocês desde então, até conhecê-la.

Meu rosto estava encharcado, as lágrimas eram grossas e não paravam. Ele estava descrevendo a batalha em que minha mãe havia morrido. O motivo desconhecido para minha mãe ter vacilado era ele. Noah tinha visto os últimos momentos da minha mãe. Eu não conseguia formar uma palavra sequer, só chorava como uma criança, enquanto ele me encarava atônito, sem entender nada.

Esse tempo todo ele sabia quem eu era ou o quê eu era, e não falou nada. Mesmo quando notou que eu estava confusa e não podia contar o motivo, ele permaneceu calado e deixou que eu acreditasse que não sabia de nada. Ele havia mentido bem na minha cara, como se fosse nada. Falava de sinceridade, que eu podia confiar nele, mas a verdade é que ele não havia sido sincero comigo, enquanto eu me culpava por não poder ser sincera. E ainda tinha sido a causa indireta da morte da minha mãe. Eu sei que ela nunca o culparia, estava fazendo o seu dever, protegendo os humanos. No entanto, isso não fazia com que a raiva que eu sentia fosse embora.

Tentei conter o choro. Precisava encará-lo, falar algo, mas a raiva que eu sentia era tanta que suplantava aquela sensação boa que ele sempre me passava. Era isso, realmente o fim. Eu não podia seguir ao lado dele, nem hoje nem nunca.

— Era minha mãe... A guardiã que você viu, era minha mãe. — Segurei o choro e os soluços, enquanto tentava falar.

— Você realmente se parece com ela. — Ele ergueu a mão em direção ao meu rosto, mas eu o parei e ele recuou.

— Por que não me contou isso antes? Por que não falou que sabia que eu era diferente?

— Não sei. — Seu olhar ficou perdido por um tempo. — Não sabia como contar, não sabia como você reagiria.

— Mas achou certo guardar isso?

— Bem, você também não me contou o que é.

— Eu não posso contar, sou proibida de revelar isso. Eu não tinha escolha, mas você sim.

— Eu não sabia, Amy. Achei que não tinha contado porque não confiava em mim. — Deu um passo à frente e me afastei.

— Você não podia ter escondido isso de mim, não podia. — As lágrimas voltaram com tudo e me afastei dele. — Eu vou embora, Noah.

Segui na direção da estrada e notei que ele permaneceu parado, em choque. Fiz sinal para o primeiro táxi que passou e entrei. Ainda em lágrimas, disse o meu endereço para o motorista e continuei repassando na minha mente a cena que ele me contou, a mesma que o diretor da academia havia contado ao meu pai, quando foi informar sobre a morte da minha mãe. Só faltava uma peça: o motivo de uma guerreira experiente ter falhado. Agora eu sabia.

O táxi parou em frente ao meu prédio. As lágrimas tinham parado de cair, mas a dor que eu sentia em meu peito ainda era enorme. Como era possível que, no meio de tantas pessoas, eu pudesse sentir algo justamente por aquela que foi a causa da morte da minha mãe? Parecia algum tipo de piada do destino.

O elevador parou e eu saí ainda atordoada, em direção ao meu apartamento. Quando olhei para frente vi alguém parado na minha porta, mas não era Raphael.

Imediatamente, senti-me aliviada por ter Uriel ali comigo. Assim que o vi, caí novamente no choro. Ele veio até mim e me enlaçou em seus braços.

Sem que eu precisasse dizer nada, Uriel entendeu o que se passava. Levou-me para dentro do apartamento, ainda em seus braços, ajudou-me a tirar o casaco e os sapatos, jogou minha bolsa em algum canto e ficou deitado junto comigo na cama, abraçando-me, enquanto eu chorava tudo que estava preso, até não poder mais aguentar.

30

Acordei ainda nos braços de Uriel, com a cabeça doendo tanto que mal conseguia abrir os olhos. Escondi-me na coberta, lembrando a noite passada, mas conseguindo controlar as lágrimas. Provavelmente, não tinha mais lágrimas para derramar. Ainda não conseguia acreditar em tudo que havia descoberto. Não conseguia digerir a situação. Parecia que uma bola havia se formado na minha garganta e aquilo não deixava nem eu respirar direito. Eu só tinha certeza de uma coisa: não queria mais ver Noah. Mesmo sabendo que podia estar sendo injusta, não conseguia me livrar da ideia de que se ele não estivesse lá minha mãe não teria se distraído e poderia estar viva.

Minha vida inteira podia ter sido diferente. Meu pai não me desprezaria, eu não teria que me sentir culpada de alguma forma, nem carregar o peso de ser exemplar para honrá-la, e não teria que me sentir tão mal comigo mesma durante todos esses anos.

Uriel se mexeu, tirando o cobertor do meu rosto. Ele parecia calmo e de bom humor, como na maioria dos dias.

— Vamos lá, você não vai ficar nessa cama chorando. O seu período permitido de choro já passou, Amyzinha. — Ele sorriu e me abraçou. — Não precisa me contar nada agora, só quando se sentir confortável. Agora, só quero que você levante e volte a ser a Amy que eu conheço, forte e corajosa. A mesma que esteve ao meu lado todos esses anos, dando-me uma surra na arena.

Abracei Uriel o mais forte que pude e sussurrei em seu ouvido:

— Obrigada!

— Ok! Agora, vá tomar um banho e se arrumar — ele disse, empurrando-me para fora da cama.

Levantei e fui para o banho. Fiquei um bom tempo apenas sentindo a água escorrer pela minha pele, como se ela pudesse apagar a noite passada, como se tudo não tivesse passado de um pesadelo. Pelo menos, não teria que encará-lo hoje, já que era feriado. Mas quando a quarta-feira chegasse, não teria escapatória. Não conseguia nem imaginar a ideia de vê-lo, que dirá estar em sua presença.

Saí do banho, troquei de roupa e só então percebi que não tinha motivo para eu *"me arrumar"* como Uriel havia dito.

— Uri, por que eu tenho que me arrumar? Vamos a algum lugar? — gritei de dentro do closet para ele, que me esperava na sala.

— Eu não, mas você vai — Uriel respondeu de forma casual.

— Como assim? — Saí do banheiro de toalha e fui até ele. — Vou aonde?

— Raphael pediu para avisá-la que precisa te mostrar algo, e é urgente — ele respondeu, sem tirar os olhos do celular.

— O que ele precisa me mostrar? Não tô no clima pra mais nenhuma descoberta.

— Se arruma logo! Daqui a pouco ele aparece e você ainda está de toalha. — Só então ele me olhou. — Ou será que você quer que ele a veja assim?

— Não vou nem responder. — Fuzilei-o com o olhar e voltei para o closet.

— Quem cala consente — ele gritou, enquanto eu saía da sala.

Terminei de me arrumar. Como não sabia aonde iria, coloquei uma roupa casual. Não estava a fim de ir para lugar nenhum, ainda sentia a dor no meu peito. Peguei meu cordão. Agora já podia lutar novamente, não me sentia mais tão indefesa, só não queria outra surpresa, estava farta.

Ouvi o barulho da porta. Peguei minha bolsa e segui para a sala. Raphael conversava tranquilamente com Uriel e estava tão casual quanto eu, o que me deu certo alívio. Seu cabelo estava bagunçado como sempre, caindo próximo aos olhos. Meu coração ainda doía por tudo que aconteceu na noite anterior, mas ver Raphael foi como um sopro de alívio para minha mente e coração confusos.

— Vamos? — ele disse, estendendo a mão, depois de me olhar de cima a baixo.

— Vamos. — Peguei sua mão e um pequeno choque percorreu meu braço.

Entramos no elevador. Quando saímos do prédio, percebi que era quase fim da tarde. Realmente, eu havia perdido a noção do tempo. Vi sua moto parada e só então me dei conta de que havia dois capacetes em sua mão. Eu já tinha andado de moto, mas sempre sozinha. Parei por um momento, avaliando a situação. Achei que íamos no carro dele.

— Problema com motos? — ele perguntou com um sorriso de canto.

— Não, nenhum — respondi, pegando o capacete da sua mão e seguindo até a moto. — Mas eu dirijo.

— Você não sabe para onde vamos — ele disse, abrindo um sorriso. Estava se divertindo com a situação.

— Isso é fácil. É só você me dizer. — Dei uma piscadela para ele, enquanto subia na moto, grata por ter posto minha calça jeans.

— Você é realmente teimosa, sabia?— Ele colocou o capacete, rendendo-se. — Bem que Uriel me avisou. Vou falar o endereço e te guio se precisar.

— Viu? Não doeu nada.

Ele sentou atrás de mim e apertou minha cintura, fazendo-me sentir um pequeno arrepio.

— Esse era o meu plano desde o início. — Sussurrou em meu ouvido, e sua respiração no meu pescoço me fez me arrepender um pouquinho da decisão. Mas eu precisa sentir que tinha poder sobre algo.

Dei partida na moto e a senti rugir. Respirei fundo, concentrando-me, o que era um pouco difícil com ele tão próximo, e segui suas instruções. Conhecia o local que ele havia falado, era um prédio antigo, próximo de uma ponte. Só não entendi porque ele queria me levar lá.

Fazia tempo que eu não dirigia e a sensação era tão boa, como se eu conseguisse mandar todos os problemas para longe, junto com o vento.

Em poucos minutos chegamos ao prédio. Eu estacionei no local que ele indicou e descemos da moto.

— De agora em diante, eu tomo a liderança, ok? Pelo menos uma vez. — Sua mão entrelaçou na minha e seguimos para dentro do prédio, com ele me guiando.

O prédio tinha uma arquitetura antiga, provavelmente fora uma fábrica ou algo assim. Era antigo o bastante para ser nostálgico. Ele me lembrava um prédio que eu havia visto na primeira foto da cidade, em um dos livros da academia. Seus detalhes em dourado reluziam, conforme os últimos raios de sol o tocavam. Era bem diferente dos prédios espelhados que víamos no centro da cidade. Tinha história guardada ali, dava para sentir.

Subimos por uma enorme escada com amplos degraus e continuamos seguindo até o topo. Quando chegamos ao telhado, Raphael colocou as mãos em meus olhos repentinamente, fazendo-me dar um passo para trás.

— O que está acontecendo? — Segurei suas mãos, tentando tirá-las do meu rosto.

— Calma, só quero te posicionar no lugar perfeito para que você veja. — Sua voz era baixa, bem perto do meu ouvido, diluindo minha preocupação.

— Ok, mas isso tá muito estranho.

Ele me guiou e, depois de alguns passos, virou-me, finalmente tirando as mãos dos meus olhos. Perdi o folego, o telhado estava cheios de luzinhas, que mais pareciam pequenas estrelas. Na minha frente, perto da sacada, tinha uma mesinha e algumas almofadas. Ao lado, uma cesta com algumas bebidas e comidas. E, atrás disso tudo, o sol se pondo no horizonte.

As cores rosa e laranja se misturavam com o roxo e o azul da noite que caía. Quase parecia uma pintura de tão bonito.

Virei-me para ele, ainda surpresa com tudo aquilo.

— É lindo, Rapha! — Seus olhos estavam tão brilhantes quanto naquele dia, mas, dessa vez, não havia nenhuma tristeza por trás. Ele era pura felicidade.

— Estava planejando fazer isso em alguns dias, para comemorar seu aniversário. Mas quando Uriel me disse como você estava... Bem, arrumei tudo antes. Queria animá-la de alguma forma. Não sou muito bom nisso, ou com sentimentos, só sei que gosto de você, Amy. Gosto de verdade. Muitas vezes sou confuso e sei que você não me conhece por completo, mas eu gostaria de ter a chance de mostrar mais de mim, de estar ao seu lado para aprendermos juntos o que é esse sentimento.

Pela primeira vez, eu o via sem graça, com as bochechas coradas. Até sua voz parecia um pouco enrolada.

— Raphael, você tem sido inesperadamente bom. Nesse exato momento, não posso prometer muita coisa. Estou confusa e não seria justo com você. Mas, sendo sincera, também gosto de você, de estar com você, e também quero descobrir que sentimento é esse. Adoraria ter você ao meu lado.

Eu tinha um sorriso tão grande no rosto, que não conseguia entender. Mas ele causava isso em mim, uma sensação boa, que fazia tudo desaparecer e só existir ele ali, na minha frente. Parecia algo profundo.

Ele se aproximou, puxando-me pela cintura. Nossos corpos ficaram grudados, nossos narizes se tocavam e ele não desviava os olhos dos meus. Raphael aproximou seu rosto ainda mais, encostando calmamente os lábios nos meus, e meu corpo todo se aqueceu, relaxando instantaneamente. O sentimento de tristeza estava sendo abafado por completo por ele.

Seus lábios deram passagem para sua língua, aprofundando o beijo. Minhas mãos seguravam e puxavam seu cabelo de leve, enquanto sua mão subia para minhas costas, como se conseguisse juntar ainda mais nossos corpos. Fomos andando em direção as almofadas sem para de nos beijar. Ele me deitou suavemente e eu pude sentir cada músculo seu contra o meu corpo. Raphael se afastou um pouco, só o suficiente para me olhar. Seus olhos eram puro desejo, misturado com carinho.

Ele sempre foi muito bonito, mas naquela luz seus olhos pareciam um lago profundo, contrastando com os lábios mais vermelhos que o de costume. Seu cabelo estava bem mais bagunçado que o normal, graças a minhas mãos.

Era isso que parecia diferente. Ali, naquele momento, eu podia dizer com toda certeza que queria mais daquilo. Sem medo, sem receio, sem nada me segurando. Queria me perder cada vez mais em seus braços, queria descobrir mais sobre aquele sentimento. Esquecer tudo e apenas sentir, sem me importar com regras, sem questionar o amanhã. Queria viver aquilo o máximo que pudesse.

Quem diria que vir para a Terra me mudaria tanto assim. Mas eu sentia que algo havia despertado em mim, não sabia bem o que era, mas queria descobrir. Tudo o que tinha acontecido até agora, era eu tentando me defender, criando paredes grandes demais sem perceber. Fui me isolando e me privei desse tipo de experiência. Sempre sendo responsável demais, sempre levando tudo muito a sério. Pela primeira vez, desde que era pequena, não queria levar a sério.

Ele enrolou um fio do meu cabelo em seus dedos, enquanto sorria para mim de forma travessa.

— O que foi? — perguntei com um sorriso bobo nos lábios, observando ele brincar com meu cabelo.

— Tem mais um motivo para eu ter trazido você aqui no telhado.

— E qual seria?

— Hoje termina seu período sem poder voar e um certo alguém me contou que é uma das coisas que você mais ama, desde pequena. A visão que temos daqui, quando voamos, é realmente perfeita. Então, se você quiser, pode voar comigo.

— Claro que eu quero!

Meus olhos brilharam e me senti novamente como uma criança. Levantei-me e o puxei até a ponta do telhado. Demos impulso e voamos, perseguindo os últimos raios de sol no céu.

EPÍLOGO

Já fazia dois meses, desde o dia em que o Noah me contou aquela história. Na semana seguinte ele se transferiu, aparentemente foi requisitado na cede em Nova York. Fizeram uma festa de despedida, mas eu não fui. Ainda estava muito magoada, com raiva de tudo, não podia sequer olhar para ele. Mesmo depois de tudo, ainda passava em frente à sala dele e sentia sua falta. Era confuso, mas Noah tinha realmente feito eu me sentir acolhida. Era estranho não ter mais ele por perto, mesmo que eu não quisesse o ver. Eu sei, parece loucura.

Mais reuniões foram feitas em Skylion, tentando prever o ataque. Nós continuávamos observando movimentos estranhos, planejamentos das criaturas das sombras. Como suspeitávamos, eles tinham apenas adiado, mas não desistido. Mas agora, estávamos mais do que preparados para enfrentá-los.

O esquadrão já havia se reunido e ficou decidido que todos passariam por treinamentos intensivos. Tínhamos que aumentar nossa força, pois seriamos a linha de frente na batalha. Mesmo sendo mais forte do que a maioria dos esquadrões, era preciso muito treino para que pudéssemos batalhar de igual para igual com uma rainha das sombras. Nossa batalha só havia começado. Com certeza, os guardiões da luz ganhariam, garantiríamos isso.

Raphael havia sido convocado pelo seu grupo para treinar também e eu não o via há um mês.

Desde aquele dia no telhado, ficamos cada vez mais próximos. Levávamos devagar, queríamos nos conhecer melhor, sempre estando ao lado um do outro. Confesso que isso tudo era muito diferente para mim. Não só por nunca ter tido uma relação assim, mas também pelo que ele me fazia sentir. Parecia que um lado meu, que eu nem sabia que existia, havia sido despertado. Com ele, não precisava ser perfeita ou me cobrar a todo tempo, podia ser apenas eu. Mesmo que, às vezes, isso me assustasse um pouco, eu estava me entregando por completo a essa experiência.

No entanto, mesmo adorando esse meu novo lado, às vezes, sentia uma voz bem lá no fundo da minha mente, alertando-me, dizendo que faltava alguma peça do quebra-cabeça. Ela era calada com os beijos de Raphael e seus olhos azuis que, sempre que podiam, percorriam todo meu corpo, como se quisesse gravar cada parte de mim. Ele dizia que aquilo era a melhor coisa, e sempre tinha um brilho no olhar tão intenso como eu nunca havia visto antes.

Ainda assim, uma sombra de tristeza ou medo cruzava seus olhos de vez em quando, mesmo que por pouco tempo. Eu não havia perguntado sobre isso, pois sempre que pensava no assunto algo acabava nos interrompendo e ficava para depois. E agora, com ele longe, ficava mais difícil ainda. Pelo menos o treinamento dele duraria o mesmo tempo que o meu.

Era ótimo estar de volta à Skylion, mesmo que por pouco tempo, e ter todos do esquadrão assim, próximos, aumentava a sensação de estar de novo em casa. Mesmo que por um motivo ruim, era bom ter todos reunidos novamente.

Finalmente eu podia lutar de novo. Meu corpo sentia falta de empunhar a espada e acabar com algumas criaturas. Estava pronta para liderar a batalha contra as sombras. Minha asa também estava curada, mas a mancha causada pela escuridão havia se espalhado, e agora eu tinha uma asa inteira de penas negras e outra branca.

O barulho era alto, não cessava. Os murmurinhos ficavam cada vez mais constantes. Aquele lugar tinha um cheiro estranho, forte, como se tivesse algo ácido no ar, era difícil respirar ali. As vozes macabras murmurando eram piores ainda. Mesmo com tudo tão escuro, podia ver ao fundo a família inteira, se é que podiam ser chamados assim. Aquilo parecia muito mais um covil de cobras do que uma família, os chifres se destacavam na multidão, em meio às criaturas mais altas. Eu odiava estar ali, odiava cada segundo que passava ao lado daquelas coisas.

Aproximei-me do centro do local, sem chamar atenção e segui até um canto mais escuro. Todos estavam organizando a batalha. A ideia de matar todo o grupo já era oficial e nada os deteria, eu bem sabia disso.

Alguém veio em minha direção e me escondi nas sombras, ali era seguro permanecer. A reunião começaria. Vi a rainha tomar à frente, conheceria aquele olhar sem vida e aquele sorriso macabro em qualquer lugar. Ela era a líder dessa batalha e estava louca por poder.

— Criaturas da escuridão, prestem bem atenção! O período de luz chega ao fim! Àqueles vermes ficaram tempo demais no governo das terras que eram nossas, expulsaram-nos e nos humilharam, mas isso não ficará assim, iremos nos vingar de todos eles. Acabaremos com tudo que eles mais amam, daremos o troco na mesma moeda, sem misericórdia e da forma mais cruel possível. Não só os derrotaremos como iremos fazê-los sofrer como nunca antes.

Ela começava a se movimentar, passando pela multidão de criaturas repugnante. Olhava para cada um, enquanto despertava o ódio e incentivava a raiva em todos. Esse era o objetivo dela: sangue.

Continuou seu discurso, enquanto suas filhas lhe seguiam. Era o início da destruição, disso eu não tinha dúvida.

— Usaremos todo nosso poder contra eles, e tenham certeza que eles cairão. Não serei misericordiosa como o antigo Rei, tão pouco cairei nas armadilhas deles. Não haverá segunda chance, serão todos exterminados. Arrancaremos asa por asa, tiraremos cada poder e assim seguiremos mais fortes, para, finalmente, termos de volta o reino que nos pertence.

Ela parou no centro da multidão e olhou na minha direção, como se pudesse me ver. Mesmo sabendo que aquilo seria impossível, não pude evitar me encolher.

— Começaremos pela líder do novo esquadrão. Faremos o favor de acabar com aquela ruiva, assim como ela fez com uma de nós. Não sobrará nada dela quando terminarmos. Podem ter certeza!

Quando ouvi aquilo, soube imediatamente que eu precisava salvar a Amy.

AGRADECIMENTO

Agradeço a todos que me apoiaram até aqui, meu pai Roberto, meu padrinho Rodrigo e sua esposa Ana, meus amigos Lucas, Mayara, Fani, Ana Paula, Ana Clara, Emanuelle e Paula.

Meu namorado Erick, que sempre escutou minhas ideias loucas, e minha amiga Marcela, que foi minha leitora número um.

Também agradeço a você que acabou de adquirir esse livro e se permitiu conhecer o mundo de *Skylion*. Espero que tenha gostado e queira acompanhar essa saga, que ainda tem muito para contar.

O mundo pode ser incrível, basta um olhar diferente!

VISITE AS PÁGINAS OFICIAIS

www.lereditorial.com

twitter@Ler_Editorial

www.facebook.com/lereditorial

www.instagram.com/lereditorial

pinterest.com/lereditorial/